SCHUTZ FÜR KIERA

SEALs of Protection, Buch Elf

SUSAN STOKER

Copyright © 2020 Susan Stoker
Englischer Originaltitel: »Protecting Kiera (SEAL of Protection Book 9)«
Deutsche Übersetzung: Catharina Preuss für Daniela Mansfield Translations 2020
Alle Rechte vorbehalten. Dies ist ein Werk der Fiktion. Namen, Darsteller, Orte und Handlung entspringen entweder der Fantasie der Autorin oder werden fiktiv eingesetzt. Jegliche Ähnlichkeit mit tatsächlichen Vorkommnissen, Schauplätzen oder Personen, lebend oder verstorben, ist rein zufällig.
Dieses Buch darf ohne die ausdrückliche schriftliche Genehmigung der Autorin weder in seiner Gesamtheit noch in Auszügen auf keinerlei Art mithilfe elektronischer oder mechanischer Mittel vervielfältigt oder weitergegeben werden.
Titelbild entworfen von: Chris Mackey, AURA Design Group
eBook: ISBN: 978-1-64499-128-2
Taschenbuch: ISBN: 978-1-64499-129-9

Besuchen Sie Susan im Netz!
www.stokeraces.com
facebook.com/authorsusanstoker
twitter.com/Susan_Stoker
bookbub.com/authors/susan-stoker
instagram.com/authorsusanstoker
Email: Susan@StokerAces.com

EBENFALLS VON SUSAN STOKER

SEALs of Protection:
Schutz für Caroline
Schutz für Alabama
Schutz für Fiona
Die Hochzeit von Caroline
Schutz für Summer
Schutz für Cheyenne
Schutz für Jessyka
Schutz für Julie
Schutz für Melody
Schutz für die Zukunft
Schutz für Kiera
Schutz für Alabamas Kinder
Schutz für Dakota

Die Delta Force Heroes:
Die Rettung von Rayne

Die Rettung von Emily

Die Rettung von Harley

Die Hochzeit von Emily

Die Rettung von Kassie

Die Rettung von Bryn

Die Rettung von Casey

Die Rettung von Wendy

Die Rettung von Sadie

Die Rettung von Mary

Die Rettung von Macie

Ace Security Reihe:
Anspruch auf Grace

Anspruch auf Alexis

Anspruch auf Bailey

Anspruch auf Felicity

Anspruch auf Sarah

Mountain Mercenaries:
Die Befreiung von Allye

Die Befreiung von Chloe

Die Befreiung von Morgan

Die Befreiung von Harlow

SCHUTZ FÜR KIERA

Die Befreiung von Everly
Die Befreiung von Zara
Die Befreiung von Raven

KAPITEL EINS

Kiera Hamilton stand in einer Ecke von *My Sister's Closet*, dem Secondhandladen ihrer Freundin Julie Hurt. Sie nippte an dem lauwarmen Sekt aus dem Glas, das sie schon den ganzen Abend in der Hand hielt.

Sie hatte nur zugestimmt, an diesem Budenzauber teilzunehmen, weil Julie ihr gesteckt hatte, dass Cooper kommen würde.

Cooper Nelson war einen Meter neunzig groß und spielte weit außerhalb ihrer Liga. Außerdem war er zu jung für sie. Es gab eine Million weiterer Gründe, warum es naiv von Kiera war, wie ein Schulmädchen in den Mann verknallt zu sein, aber es hatte sie nicht daran gehindert, sich für die kleine Party in Schale zu schmeißen.

Kiera hatte Julie während eines Besuchs des Navy-Stützpunktes zusammen mit ihrer Schulklasse kennengelernt. Julie war dort gewesen, um ihren Ehemann zu besuchen. Als sich eines der Kinder ihrer Klasse in die Hose gemacht hatte, war sie zur Rettung gekommen. Sie hatte den Wagen voller Klamotten, die sie gerade aus der Reinigung abgeholt hatte, um sie in ihrem Laden zu verkaufen. Zufälligerweise war eine passende Hose für den Jungen dabei gewesen. Kiera und Julie hatten sich auf Anhieb gut verstanden und verbrachten seitdem viel Zeit miteinander.

Kiera kannte Julies Vergangenheit ... dass sie die Tochter eines Senators war und vor einigen Jahren entführt worden war. Julie war offen zu ihr gewesen, wie schrecklich sie sich während dieser Tortur gegenüber ihrem Retter verhalten hatte. Aber es schien, als hätte sie aus ihren Fehlern gelernt und herausgefunden, was für ein Mensch sie sein wollte.

Sie besaß jetzt eine kleine Boutique, in der sie gebrauchte Designerkleidung verkaufte. Einen großen Teil ihres Inventars stellte sie kostenfrei obdachlosen Frauen zur Verfügung, die Outfits für Bewerbungsgespräche brauchten, oder Schulmädchen, die sich kein Kleid für den Abschlussball leisten konnten. Neuerdings verkaufte sie auch

Männerkleidung und lieh Anzüge von Armani und anderen Designern an Männer aus, die von ihrem Glück verlassen worden waren und einen guten Eindruck hinterlassen mussten.

»Amüsierst du dich?«

Kiera ließ vor Schreck fast ihr Sektglas fallen, schaffte es aber noch, es festzuhalten. Mit einem Lächeln drehte sie sich zu Julie um. »Natürlich. Du bist bestimmt begeistert darüber, wie viele Leute heute Abend gekommen sind.«

Julie lächelte breit und nickte. »Manchmal muss ich mich selbst kneifen, um glauben zu können, wie gut alles läuft. Ich habe nicht nur den Mann meiner Träume gefunden, sondern kann auch noch anderen Menschen helfen. Das fühlt sich gut an.«

Kiera strahlte ihre Freundin an. Anlass der heutigen Feier war, dass ein lokaler Fernsehsender in Los Angeles eine junge Frau interviewt hatte, der Julie vor einigen Jahren einen Anzug für ein Bewerbungsgespräch gegeben hatte. Der Bericht hatte anschließend landesweit für Aufmerksamkeit gesorgt. Die Geschichte der Frau war leider nicht sehr schön. Sie war in ihrer Beziehung missbraucht worden und auf der Straße gelandet, wo sie drogenabhängig geworden war. Sie hatte sich schließlich überwunden, in ein Obdachlosenheim zu gehen, konnte aber keine Arbeit finden.

Julie hatte sie während ihres ersten Geschäftsjahres bei einem Besuch des Obdachlosenheims kennengelernt. Sie hatte Rebecca in ihren Laden eingeladen, wo sie sich kostenlos ein Outfit aussuchen durfte. Um es kurz zu machen, Rebecca hatte den Job bekommen, für den sie sich vorgestellt hatte, und war innerhalb von zwei Jahren zu einer Führungskraft aufgestiegen.

Die Party an diesem Abend war also mehr, um Rebeccas Erfolg zu feiern, aber über die zusätzlichen Geld- und Kleiderspenden konnte man sich ebenfalls freuen.

Kiera sah sich im Laden um und bemerkte, dass einige bedeutende Persönlichkeiten aus Riverton anwesend waren. Sie erkannte den Bürgermeister mit seiner Frau und auch den Polizeichef. Ihr Blick blieb auf Cooper haften, als sie durch den Raum sah, und sie seufzte. Es hatte sie verdammt böse erwischt.

Cooper hatte als Navy SEAL unter dem Kommando von Julies Ehemann gestanden, wurde aber in den Ruhestand versetzt, nachdem er auf einer Mission verletzt worden war. Eine Granate war direkt neben ihm explodiert. Er hatte Glück gehabt und keine Körperteile verloren, aber dafür das Gehör auf dem rechten Ohr vollständig und zu fast siebzig Prozent auf dem linken.

Kiera war Lehrerin in Riverton an einer Schule für Gehörlose. Dort hatte sie Cooper zum ersten Mal gesehen, als er in ehrenamtlicher Tätigkeit mit den Kindern gearbeitet hatte. Sie hatte sich sofort zu ihm hingezogen gefühlt, als er im Flur an ihr vorbeigegangen war. Das war überraschend, denn sie war sonst nicht die Art von Frau, die beim ersten Anblick eines Mannes ihrer Lust nach ihm verfallen würde. Bei Cooper war das aber der Fall. Obwohl sie ihr Leben lang zu anderen Menschen hochschauen musste, liebte sie es, wie groß er war. Es machte sie an. Sie fühlte sich dadurch weiblicher ... irgendwie beschützter.

Er hatte braune Augen, die etwas heller waren als sein dunkelbraunes Haar, das dringend einen frischen Schnitt vertragen konnte. Die Jeans, die er trug, spannte über seinen muskulösen Oberschenkeln. Dazu hatte er ein kurzärmliges Polohemd an, das seinen prallen Bizeps zur Geltung brachte. Alles in allem war er einfach schön und einschüchternd zugleich.

Sie war nur Kiera. Keine Supersoldatin oder irgendjemand Außergewöhnliches. Wie viele Frauen trug sie ein paar Kilos zu viel mit sich herum, die sie einfach nicht loswerden konnte ... nicht dass sie es wirklich versucht hätte. Nachdem sie am College schlechte Erfahrungen mit Extremdiäten gemacht hatte, hatte Kiera beschlossen, ein Leben in Maßen anstatt in Entbehrung zu führen. Sie aß und trank, was sie wollte, und versuchte, aktiv zu bleiben, ohne zu einer Trainingsfanatikerin zu werden. Sie war mit ihrem Körper zufrieden.

Doch als sie an jenem Tag Cooper angesehen hatte, hatte sie sich plötzlich gewünscht, mehr Zeit im Fitnessstudio verbracht und am Abend zuvor nicht eine ganze Packung Kekse gegessen zu haben. Erstaunlicherweise hatte ihn ihr Gewicht jedoch nicht gestört. Er hatte sie angelächelt, ihr die Hand geschüttelt und, wenn sie den Ausdruck in seinen Augen nicht vollkommen missinterpretiert hatte, schien er sich von ihr angezogen gefühlt zu haben.

Seit diesem ersten Treffen hatte Kiera jedes Mal das Gespräch mit Cooper gesucht, wenn er in der Schule war. Sie hatten gelacht und sie hatte geglaubt, dass sich zwischen ihnen etwas entwickeln könnte. Sie hatte gedacht, dass dieses Gefühl auf

Gegenseitigkeit beruhte, aber er hatte keine weiteren Schritte unternommen. Sie nahm an, dass er sich vielleicht zurückhielt, weil sie in derselben Schule arbeitete, in der er ehrenamtlich tätig war. Als Julie ihr dann verriet, dass Cooper zugesagt hatte, an diesem Abend zu ihrer Party zu kommen, hatte Kiera ihre Chance genutzt und war ebenfalls gekommen.

Aber sie hätte genauso gut zu Hause bleiben und das tun können, was sie normalerweise am Samstagabend tat ... auf der Couch sitzen und lesen oder fernsehen. Cooper war zwar auf der Party, aber es schien fast so, als würde er sie meiden und darauf achten, auf der anderen Seite des Ladens zu bleiben. Kiera hatte ihn eine Weile beobachtet. Er wirkte sichtlich irritiert und unterhielt sich mit niemandem. Den anderen SEALs nickte er lediglich zu.

Kiera hatte ein ziemlich gutes Selbstbewusstsein. Sie mochte ihren Job, liebte die Arbeit mit Kindern und obwohl sie klein war, fühlte sie sich meistens wohl in ihrem Körper. Es machte ihr im Allgemeinen nichts aus, introvertiert zu sein und lieber allein zu Hause zu sitzen, als mit Freunden auszugehen. Aber bei dem Anblick der anderen Männer, wie sie ihre Frauen anhimmelten, ohne dass sie es zu bemerken schienen, und Julies Ehemann Patrick, der immer wieder zu seiner Frau hinüberblickte und sie anlächelte, fühlte sie sich durch Coopers distanzierte Art umso frustrierter und deprimierter. Vor allem, nachdem sie gedacht hatte, dass sie Freunde wären.

Julie legte eine Hand auf ihren Arm und riss sie aus ihren Gedanken. Sie hatte fast vergessen, dass die andere Frau neben ihr gestanden und sie eine Diskussion darüber geführt hatten, wie sie mit ihrem Ehemann zusammengekommen war. »Du hast viel für Riverton getan. Du kannst stolz auf dich sein.«

Kiera schaute an der anderen Frau vorbei und sagte: »Apropos Mann deiner Träume«, kurz bevor Patrick hinter Julie trat und seinen Arm um ihre Taille legte.

»Es ist schön, dich zu sehen, Kiera«, sagte er, nachdem er seine Frau auf die Schläfe geküsst hatte.

»Gleichfalls. Wie läuft es auf dem Stützpunkt?«

»Ich kann mich nicht beschweren. Hast du heute Abend schon mit Coop gesprochen?«

Kiera war nicht überrascht, dass er das Thema aufbrachte. Er hatte ihr anvertraut, dass es Cooper schwerfiele, sich an das Leben als Zivilist zu gewöhnen. Er hatte vorgehabt, so lange wie möglich bei der Navy zu bleiben ... aber nachdem er sein Gehör fast vollständig verloren hatte, war dieser Traum ungefähr zwanzig Jahre zu früh vorbei gewesen.

»Nein. Wir sind uns noch nicht über den Weg gelaufen«, sagte Kiera ehrlich, ohne zu erwähnen, dass es nicht an mangelndem Interesse ihrerseits lag.

»Sturer Seemann«, murmelte Patrick leise.

Ohne darüber nachzudenken, ließ Kiera den Blick zu der Ecke hinüberschweifen, die Cooper für sich allein zu beanspruchen schien. Er stand nur da, runzelte die Stirn und sah extrem angespannt aus. Sie wusste, dass Julie mit ihr sprach, aber Kiera hörte sie kaum. Etwas an Coopers Körpersprache störte sie. Sie legte den Kopf schief und beobachtete ihn einen Moment lang.

»... stimmts?« Julie stupste sie am Arm, um ihre Aufmerksamkeit zu erregen.

»Oje, was?«, fragte Kiera und sah Julie entschuldigend an.

»Ich habe nur gesagt, dass Patrick mit seinem Sekretär gesprochen hat und ...«

»Verwaltungsassistent«, unterbrach Patrick sie.

»Was?«, fragte Julie.

»Verwaltungsassistent, nicht Sekretär. Ich glaube nicht, dass es Cutter gefallen würde, als Sekretär bezeichnet zu werden.«

Julie verdrehte die Augen und lächelte Kiera an. »Entschuldigung ... Patricks *Verwaltungsassistent*«, sie hob ihre Hände und machte die Geste für Anführungszeichen in der Luft, »hat gesagt, er würde gern einen weiteren Ausflug zum Stützpunkt für euch arrangieren, wenn du möchtest. Es hat ihm gefallen, Zeit mit den Kindern zu verbringen.«

»Ich weiß nicht. Wir haben ganz schön für Aufregung gesorgt«, sagte Kiera zögerlich. Mit gehörlosen Kindern eine Exkursion zu machen war immer eine Herausforderung, aber ein Ausflug auf einen aktiven Militärstützpunkt mit Männern in Uniform und all ihren Spielsachen war besonders aufregend gewesen. Die vierzehn Kinder in ihrer Klasse hatten ihre Aufregung kaum im Zaum halten können. Sie hatten sich in Gebärdensprache mit ihrem begrenzten Wortschatz aufgeregt unterhalten und die Aufmerksamkeit genossen, die sie von den Seeleuten bekommen hatten.

»Das war keine Aufregung«, sagte Patrick mit einem Lächeln. »Kinder sind ein Geschenk.« Er legte seine Hand auf Julies Bauch, zog sie an sich und streichelte sie dabei.

»Oh mein Gott, bist du schwanger?«, platzte Kiera mit großen Augen heraus.

Julie lächelte, hob den Kopf zu Patrick, legte ihre Hand auf seine auf ihrem Bauch und nickte.

»Herzlichen Glückwunsch, das ist toll!«, schwärmte Kiera.

»Vielen Dank. Wir freuen uns sehr«, sagte Julie zu ihrer Freundin.

»Das solltet ihr auch. Wann ist es so weit?«

»In sechs Monaten oder so. Ich bin erst in der zwölften Woche.«

»Im Ernst, das ist großartig.«

»Ja, das denken wir auch. Wie auch immer, Coop war bei dir in der Schule, oder?« fragte Patrick.

Kiera nickte. »Ich habe ihn letzte Woche mehrmals gesehen. Wir haben sogar Mittag zusammen gegessen.«

»Was ist dann sein Problem?«, fragte Patrick mehr an sich selbst gerichtet als an die Frauen, die neben ihm standen. »Er steht da in der Ecke und benimmt sich wie ein Arschloch. Ich werde ihm sagen, er soll sich benehmen oder nach Hause gehen.«

Patrick machte einen Schritt hinter Julie zurück, als wollte er zu Cooper gehen, als bei Kiera endlich der Groschen fiel, was mit ihm los war.

»Nein, lass mich mit ihm reden.«

Sowohl Patrick als auch Julie starrten sie an.

»Gibt es etwas, das ich wissen sollte?«, fragte Patrick im Befehlston.

Kiera schüttelte schnell den Kopf. »Es ist nur ... ich glaube, ich weiß, warum er heute Abend so komisch drauf ist.«

»Willst du uns einweihen?«, fragte Patrick.

Kiera biss sich unentschlossen auf die Lippe.

»Schon gut«, sagte Julies Ehemann. »Ich nehme an, es ist nicht so wichtig. Ich wäre dir dankbar, wenn du zu ihm durchdringen könntest. Aber Kiera ...«

Sie sah zu dem großen, kräftigen Mann auf. Sie hatte mehr als einmal darüber nachgedacht, wie glücklich Julie sich schätzen konnte, nachdem sie Patrick kennengelernt hatte. Er war alles, was sie sich immer von einem Mann gewünscht hatte ... aber bisher nicht hatte finden können. Er war stark, selbstsicher, ein Gentleman und beschützerisch.

Als ihre Blicke sich trafen, fuhr Patrick fort: »Wenn er nicht nett zu dir ist, lass es mich wissen. Er steht vielleicht nicht mehr unter meinem Kommando, aber kein Mann wird es wagen, eine Frau nicht zu respektieren, solange ich in der Nähe bin. Ich werde auf dich aufpassen.«

Kiera schluckte schwer. Sie kannte Julie und Patrick gut, würde sie aber nicht als beste Freunde bezeichnen. Aber zu hören, dass Patrick sagte, er würde auf sie aufpassen, fühlte sich gut an, wirklich gut. Es war lange her, dass jemand das für sie getan hatte, was Julies Ehemann jetzt anbot ... auch wenn sie es nicht wirklich für notwendig hielt.

»Ich komme schon klar«, beruhigte Kiera ihn. »Cooper würde so etwas nicht tun.«

Patrick zuckte die Achseln. »Vielleicht nicht der Coop, den ich früher gekannt habe, aber seit er verwundet wurde, bin ich mir nicht mehr so sicher.«

Kiera begann, sich innerlich aufzuregen. Obwohl Cooper sie den ganzen Abend über ignoriert hatte, glaubte sie nicht, dass er ihr gegenüber respektlos sein würde, und wollte ihn verteidigen. »Vielleicht kennst du ihn nicht so gut, wie du denkst«, gab Kiera mit vor Aufregung roten Wangen zurück. Es war eine naive Antwort, da der Mann Cooper viel besser kannte als sie, aber sie konnte nicht einfach dastehen und nichts sagen.

Patrick sagte lange nichts, bevor er die Lippen zu einem Lächeln verzog. »Lass es mich wissen, wenn ich irgendwie helfen kann.«

»Das werde ich«, zwang sich Kiera zu sagen. Sie wollte den Kommandanten nicht verärgern, aber meine Güte. »Wir unterhalten uns später, Julie.«

»Bis später, Kiera«, antwortete die andere Frau.

Kiera stellte ihr Sektglas auf ein Tablett in der Nähe und ging durch den Raum in Richtung Cooper. Sie konnte kaum glauben, dass sie so lange gebraucht hatte, um zu bemerken, was sein Problem war. Jetzt, wo sie es wusste, trat sie sich selbst dafür in den Hintern, nicht schon früher zu ihm gegangen zu sein.

KAPITEL ZWEI

Cooper Nelson stand an der Wand in der kleinen Boutique der Frau seines ehemaligen Kommandanten und starrte ausdruckslos in die Menschenmenge um ihn herum. Sein Kopf fühlte sich an, als würde er gleich explodieren. Er schaute auf die Uhr, um nachzusehen, wie lange er noch leiden musste, bevor er gehen konnte, ohne unhöflich zu wirken.

Er hatte wirklich kommen wollen und sich für Julie und Patrick gefreut, aber das Klingeln in seinen Ohren war unerträglich. Es war fast ironisch, obwohl er sein Gehör größtenteils verloren hatte, wünschte er sich im Moment, er wäre vollständig taub.

Cooper hatte im Vorfeld nicht viel darüber nachgedacht, welchen Einfluss die Party auf ihn haben könnte. Er war einfach in seinen Wagen gestiegen und hingefahren, genau wie er es vor seiner Verwundung getan hätte. Aber je länger er dort war und je mehr Menschen in den kleinen Laden kamen, desto schneller wurde ihm klar, dass sein Hörgerät das Stimmengewirr und die leise Musik nur verstärkte. Er hatte zunächst versucht, die Lautstärke des Hörgeräts zu verringern, konnte dann aber nicht mehr hören, wenn jemand etwas zu ihm sagte, also hatte er es wieder aufgedreht. Die Tatsache, dass er die Geräusche nur von einer Seite seines Kopfes hören konnte, verursachte ein komisches Gefühl in seinem Magen und ihm wurde sogar leicht übel.

Er hatte sich darauf gefreut, Julies Freundin auf der Party wiederzusehen, aber die Aufregung hatte schnell nachgelassen, als er bemerkte, wie schwer es sein würde, sie zu verstehen. Jetzt wollte er nur noch nach Hause und sich in seiner leisen Wohnung verstecken.

Gerade als er beschlossen hatte zu gehen, egal ob es unhöflich wäre oder nicht, spürte er eine Hand auf seinem Arm. Cooper drehte sich um und sah den Grund, warum er überhaupt zu der Party gekommen war. Sie stand neben ihm und runzelte besorgt die Stirn.

Kiera Hamilton.

Schon seit dem Tag, an dem er sie zum ersten Mal getroffen hatte, war er fasziniert von der Frau. Patrick hatte ihm empfohlen – oder eigentlich befohlen –, sich ehrenamtlich an der Gehörlosenschule in der Nähe des Stützpunktes zu engagieren. Cooper war darüber nicht glücklich gewesen. Er hatte das Gefühl gehabt, dass sein Kommandant ihn auf seine Behinderung reduzierte. Es hatte ihn sauer gemacht. Er war zur Schule gegangen, hatte sich aber geschworen, es nur einmal zu tun, um Patrick zu beruhigen.

In dem Moment, in dem Cooper Kiera gesehen hatte, hatte es ihn erwischt.

Erwischt – das war ein dummes Wort, das Gefühl zu beschreiben, das sie in ihm auslöste. Es spielte keine Rolle, dass sie zehn Jahre älter war als er oder dass sie weit außerhalb seiner Liga spielte. Von dem Moment an, in dem er sie im Speisesaal mit einem Kind in Gebärdensprache reden sah, hatte er sie kennenlernen wollen.

In seinen siebenundzwanzig Lebensjahren hatte er viele schlechte Dinge erlebt. Dinge, die kein Mensch jemals sehen, geschweige denn persönlich erleben sollte. Er hatte gewusst, worauf er sich einließ. Er hatte gewusst, dass die Arbeit eines Navy

SEALs nicht wie in einem Hollywoodfilm war. Aber die Realität war viel härter, als er es sich jemals hätte vorstellen können. Über den Strand verstreute Körperteile nach einer Bombenexplosion, Geiseln, die so schwer missbraucht wurden, dass sie nur noch eine leere Hülle ihrer selbst waren, Blut, Eingeweide, die schlimmsten Seiten der Menschheit.

Er konnte sich nicht mehr an die Explosion erinnern, die ihn sein Gehör gekostet hatte. Er erinnerte sich nur noch an den schrecklichen Schmerz in seinen Ohren und das Blut, das in Strömen herausgeflossen war.

Aber der Anblick von Kieras Lächeln, als sie einander vorgestellt wurden, hatte ihn fast alles vergessen lassen, was er gesehen und getan hatte. Sie war seine Belohnung, sie wusste es nur noch nicht.

Als Patrick ihm also unverblümt mitgeteilt hatte, dass Kiera auf der Party seiner Frau anzutreffen sein würde, wollte Cooper die Gelegenheit nutzen, sie außerhalb ihrer Arbeit anzusprechen. Er wollte sich mit ihr über andere Themen unterhalten als über Gebärdensprache, sein Hörgerät und den Essensplan der Schulkantine.

Aber seine Fantasien über ihr Gespräch in

neutraler Umgebung lösten sich in Rauch auf, als Cooper realisierte, dass er sie in der lauten Umgebung nicht richtig hören würde, und der Schmerz in seinem Kopf anfing.

»Komm mit«, forderte Kiera ihn auf.

Cooper hörte die Worte nicht wirklich, er las sie von ihren Lippen ab. Sie überraschte ihn, als sie nach seiner Hand griff, ihre Finger mit seinen verschränkte und ihn zur Seite zog. Cooper folgte ihr, ohne zu protestieren. Kiera könnte seine Hand überall und jederzeit halten.

Wenn seine ehemaligen Teamkollegen ihn jetzt sehen könnten, würden sie sich wahrscheinlich lustig machen. Wenn er nicht gewollt hätte, würde die Frau, die jetzt seine Hand umklammerte, ihn keinen Zentimeter bewegen können, aber er wollte mit ihr gehen. Cooper hatte keine Ahnung, wo sie mit ihm hinwollte, aber es war ihm egal. Er würde ihr bis ans Ende der Welt folgen. Ihren Hintern in dem knappen Rock zu sehen war ein Bonus. Obwohl sich die Schmerzen in seinem Kopf wie tausend Nadelstiche anfühlten, lächelte er.

Die zierliche Frau führte ihn zum Ausgang der Boutique und Cooper stellte das Sektglas, das er nicht angerührt hatte, auf einem Tisch ab, an dem sie vorbeikamen. Abwesend bemerkte er, wie Kiera auf ihrem Weg mindestens drei Personen abwimmelte und nicht anhielt, um mit ihnen zu reden, nicht einmal für die üblichen Höflichkeitsformeln. Er wusste es zu schätzen. Er brauchte dringend frische Luft, bevor ihn die Übelkeit übermannte, die in seinem Bauch wirbelte. Er glaubte nicht, dass Julie begeistert darüber wäre, wenn er sich auf den Boden ihres Ladens übergeben würde.

Cooper bemerkte, wie Patrick ihnen nachsah, und nickte ihm zum Abschied zu. Der andere Mann reagierte mit dem Zeichen für »Pass auf, was du tust«.

Kiera gab ihm keine Chance mehr zu antworten, aber Cooper hatte Patricks Warnung verstanden. Kiera war mit seiner Frau befreundet. Wenn er sie verarschen würde, würde er auch seinen ehemaligen Kommandanten verarschen. Aber Cooper hatte nicht die Absicht, Kiera zu verarschen ... er hatte ganz andere Dinge mit ihr vor.

Cooper kam der Gedanke, dass die Handzeichen, mit denen die Teams sich verständigten, wenn sie nicht sprechen konnten, der Gebärdensprache sehr ähnlich waren, aber bevor er weiter darüber nachdenken konnte, standen sie draußen vor dem kleinen Laden.

Die unmittelbare Stille war eine Erlösung. Sogar

das leichte Klingeln in seinem linken Ohr wurde erträglicher. Kiera blieb aber nicht stehen, sondern ging weiter, als hätte sie ein bestimmtes Ziel. Cooper folgte ihr, ohne ein Wort zu sagen.

Sie führte ihn an Einzelhandelsgeschäften vorbei, die die Straße zu Julies Laden säumten, bis sie einen kleinen Platz erreichten. Die Gegend erinnerte ihn an die ländlichen Städtchen im Mittleren Westen der USA, wo er aufgewachsen war. Es fehlte nur noch ein großes Gerichtsgebäude. In der Mitte des Platzes befand sich ein Gebäude, von dem Cooper keine Ahnung hatte, was sich darin befand. Um ihn herum waren grüner Rasen, ein Brunnen und eine Vielzahl von Bänken. Es war ein gemütlicher Ort, um sich vom Einkaufen auszuruhen, die Mittagspause zu verbringen oder mit den Kindern etwas frische Luft zu schnappen, anstatt im Haus zu bleiben.

Kiera führte ihn zu einer Bank und blieb stehen. Sie zeigte darauf und gebärdete das Wort für hinsetzen. Cooper zögerte kurz, tat dann aber, wie geheißen.

Sie setzten sich beide und mit gerunzelter Stirn sagte sie so langsam, dass er von ihren Lippen lesen konnte, falls seine Ohren immer noch klingelten: »Wenn du dich in einem kleinen Raum mit vielen

Leuten aufhältst, solltest du dein Hörgerät ausschalten. Es wird dir sonst nur Kopfschmerzen bereiten.«

Sie hatte recht.

»Du hast recht.« Er versuchte zu kontrollieren, wie laut er sprach, konnte es aber nicht. Manchmal bemerkte er selbst, dass er viel zu laut sprach, und ein anderes Mal konnte es sein, dass ihn sein Gesprächspartner bitten musste, lauter zu sprechen, weil er fast flüsterte. Aber Kiera gab ihm keinen Hinweis darauf, ob die Lautstärke seiner Stimme angemessen war oder nicht. Sie antwortete einfach.

»Ich weiß.«

Cooper konnte ein Grinsen nicht mehr unterdrücken. »Woher hast du es gewusst?«

»Dass du Schmerzen hattest?«

Er nickte.

»Abgesehen davon, dass du die Augenbrauen permanent zusammengezogen hattest, deinen Kopf immer wieder zur linken Seite geneigt hast, als würdest du den Lärm blockieren wollen, mehrmals an deinem Ohr herumgefummelt und die Augen zusammengekniffen hast?«

Coopers Grinsen verschwand so schnell, wie es gekommen war. Verdammt, er hatte gehofft, sein Unbehagen besser versteckt zu haben. »Ja, abgesehen davon.«

Kiera legte eine Hand auf seine auf seinem Bein. Die Wärme ihrer Berührung brannte förmlich auf seiner Haut. Er erstarrte und wollte sich keinen Zentimeter rühren, wenn das bedeuten würde, dass sie ihre Hand von seiner nahm.

»Erstens habe ich die gleichen Anzeichen bei Kindern in meiner Klasse gesehen, wenn es zu laut wurde. Es hat ein bisschen gedauert, bis ich es bei dir bemerkt habe, weil ich es, im Gegensatz zum Klassenzimmer, bei einer Party nicht gewohnt bin, darauf zu achten, ob jemand Probleme mit seinem Hörgerät hat. Zweitens warst du unhöflich. Du hast mit niemandem geredet. Du hast mich nicht einmal begrüßt.«

»Tut mir leid, ich ...«

»Nein, du brauchst dich nicht zu entschuldigen. Ich würde auch mit niemandem reden wollen, wenn es in meinen Ohren klingelt und ein Presslufthammer in meinem Kopf sein Unwesen treibt.« Sie lächelte und Cooper konnte die Aufrichtigkeit der Worte in ihren Augen sehen.

»Woher weißt du, wie es sich anfühlt?«

»Ich weiß es nicht, nicht wirklich. Aber ich habe oft genug von meinen Schülern gehört, wie es sich anfühlt, um die Zeichen zu erkennen. Bei dir habe ich nur etwas länger gebraucht.«

Als sie nicht fortfuhr, fragte Cooper: »Warum?«

Eine leichte Röte stieg ihr ins Gesicht und gab ihren Wangen einen rosigen Schimmer. Sie zog ihre Hand zurück und legte sie auf ihren Schoß. Sie wandte den Blick von ihm ab und hob die Schultern.

Cooper legte einen Finger unter ihr Kinn und drehte ihren Kopf sanft zurück, damit sie ihn ansah. »Warum?«, wiederholte er.

»Meine Gefühle waren verletzt, weil du nicht mit mir reden wolltest«, platzte es aus Kiera heraus. Sie presste die Lippen zusammen.

»Es tut mir leid.«

»Nein, ist schon in Ordnung. Es ist wirklich albern. Ich gehe nicht viel aus und bleibe sonst lieber zu Hause. Ich bin eher introvertiert und nach einer anstrengenden Arbeitswoche und endlosen Gesprächen mit anderen Lehrern und Eltern bin ich erschöpft. Aber als Julie mir gesagt hat, dass du zu ihrer Party kommen würdest, dachte ich, wir könnten uns vielleicht über etwas anderes als die Schule unterhalten.« Sie zuckte erneut mit den Schultern, ohne diesmal den Blick abzuwenden. »Dann war ich dort und du hast mich nicht einmal angesehen. Das tat weh. Aber jetzt verstehe ich es. Es ist keine große Sache.«

Cooper zog sich der Magen zusammen, diesmal

jedoch nicht vor Übelkeit. Kiera hatte mit ihm reden wollen. Sie war zu der Party gekommen, weil er da sein würde. Er fühlte sich, als wäre er wieder zehn Jahre alt und Renee Vanderswart fragte ihn, ob er sie zum Schulbus begleiten würde. Ihm war schwindelig und er war aufgeregt.

Er legte seine Hand auf ihre auf ihrem Schoß. »Ich bin nur gekommen, weil Patrick mir erzählt hat, dass du da sein würdest.«

Cooper sah, wie ihre blauen Augen leuchteten. »Wirklich?«

»Ja«, bestätigte er. »Aber als ich ankam, waren bereits so viele Leute da, dass mein Hörgerät beim Betreten des Ladens sofort angefangen hat zu summen. Ich wusste, dass ich nicht in der Lage sein würde, ein anständiges Gespräch mit dir zu führen, und ich war zu verlegen und stur, um das dumme Ding herauszunehmen. Ich dachte also, ich würde einfach lange genug bleiben, um nicht unhöflich zu wirken, und dann wieder verschwinden. Ich hatte mir bereits überlegt, wie ich es dir erklären würde, wenn wir uns in ein paar Tagen in der Schule wiedergesehen hätten.«

»Ich verstehe.«

»Ich glaube nicht, dass du das wirklich verstehen kannst«, konterte Cooper.

Sie neigte den Kopf und runzelte die Stirn.

»Kiera, ich wollte einen guten Eindruck auf dich machen. Aber wenn ich mich selbst nicht sprechen hören kann, weiß ich nicht, ob ich schreie oder flüstere. Ganz zu schweigen davon, dass ich nicht gehört hätte, was du gesagt hättest. Ich kann schon besser Lippen lesen, aber ich habe noch einen langen Weg vor mir. Und wo ich gerade dabei bin, ehrlich zu sein, ich weiß auch jetzt nicht, ob ich zu laut oder leise spreche, aber ich kann dich wenigstens ziemlich gut hören.«

»Du machst das gut«, beruhigte sie ihn.

Cooper drückte ihre Hände. »Der Punkt ist, ich möchte, dass du mich als Mann siehst, Kiera, nicht als verwundeten Ex-Seemann und nicht als Schüler.«

Für einen langen Moment starrte sie Cooper nur an. Er konnte spüren, wie ihm das Herz in der Brust schlug. Es war lächerlich. Obwohl er früher stundenlang buchstäblich mit angelegtem Gewehr sein Ziel anvisiert und auf den richtigen Moment gewartet hatte, um seinen Schuss abzugeben, hatte er noch nie so einen Adrenalinschub gehabt.

Kiera holte tief Luft und sah ihm weiter in die Augen. In vielerlei Hinsicht war sie um ein Vielfaches mutiger, als sie jemals zuvor gewesen war.

»Ich bin alt genug, um deine Mutter zu sein.«

Cooper starrte sie einen Moment an, warf dann den Kopf in den Nacken und lachte. Als er sich wieder unter Kontrolle hatte, sah er zu Kiera und schmunzelte sie an. Mit zusammengekniffenen Augen starrte sie ihn an. Mit seinem Finger fuhr er zaghaft zwischen ihren Augenbrauen entlang. »Du könntest höchstens meine Mutter sein, wenn du schon in der Grundschule sexuell aktiv warst, Schätzchen.«

»Darum geht es doch gar nicht«, schnaubte sie und versuchte, ihre Hände von seinen wegzuziehen. »Woher weißt du überhaupt, wie alt ich bin?«

Cooper wurde ernst. »Doch, es geht darum und außerdem habe ich Patrick gefragt.«

Sie starrte ihn an. »Du hast Patrick gefragt?«

»Ja, er hat seine Frau gefragt, die hat es ihm erzählt, und dann hat er es mir erzählt. Du bist siebenunddreißig und arbeitest seit zehn Jahren an der Gehörlosenschule in Riverton. Weil deine Mutter gehörlos ist, hast du Gebärdensprache gelernt. Du warst noch nie verheiratet und hattest seit mindestens fünf Jahren keine ernsthafte Beziehung mehr. Julie und du habt euch bei einem Schulausflug zum Militärstützpunkt kennengelernt. Sie gab dir eine Ersatzhose für einen deiner Schüler, der sich in die Hose gemacht hatte.«

Kiera starrte ihn an.

Cooper lächelte. Er liebte es, die Oberhand zu behalten und mit ihr zu flirten. Er war lange genug um sie herumscharwenzelt. Es war an der Zeit, dass er sie wissen ließ, wie er empfand. »Ja, Kiera, ich habe gefragt. Ich wollte alles über dich wissen.«

»Warum?«

»Musst du danach noch fragen?«

Sie senkte zum ersten Mal wieder den Blick und die Röte kehrte zurück.

»Ich möchte dich kennenlernen. Ich möchte wissen, was du gern isst und wie deine Kindheit war. Ich möchte deine Eltern kennenlernen und hoffentlich kannst du mir vorher beibringen, fließend die Gebärdensprache zu beherrschen. Ich möchte in der Lage sein, mich mit deiner Mutter zu unterhalten und mir Geschichten darüber erzählen zu lassen, wie du als Kind warst. Ich möchte wissen, wie es bei dir zu Hause aussieht, ob du kochen kannst und was du gern im Fernsehen siehst.«

Sie biss sich auf die Lippe und holte tief Luft.

Cooper zwang sich fortzufahren. »Ich will das alles, aber ich weiß auch, dass du viel bessere Männer haben kannst als mich. Ich habe in meinem

Leben Dinge gesehen, bei denen du vor Entsetzen ohnmächtig werden würdest. Dinge, über die ich nie wieder nachdenken oder sprechen möchte. Oft bin ich unhöflich oder sage das Falsche. Ich habe keine Geduld mit dummen Leuten und ich bin mir nicht sicher, ob ich Kinder haben möchte. Ich habe keinen Hochschulabschluss und bin behindert. Ich befürchte, dass ich eine Frau nicht so beschützen kann, wie es sein sollte, weil ich nicht hören kann, was um mich herum passiert. Und das ist scheiße.«

»Cooper ...«, begann Kiera, aber er unterbrach sie. Er wollte alles herauslassen.

»Die zehn Jahre Altersunterschied zwischen uns sind mir egal. Ich bin siebenundzwanzig, aber an manchen Tagen fühle ich mich wie siebenundachtzig. Es geht nicht um die Zahl, es geht um dieses Gefühl in mir, das danach schreit, dass du der Grund bist, warum die Bombe mich nicht in tausend Stücke gerissen hat. Es sollte so sein, Kiera. Ich weiß, es klingt verrückt, aber ich denke, alles passiert aus einem bestimmten Grund, und ich habe mein Gehör verloren, weil ich dich treffen sollte. Ich bitte nur um eine Chance. Gib mir die Chance, dir zu zeigen, dass ich kein Arschloch bin ... jedenfalls nicht zu dir. Ich schwöre dir, wenn du mich in dein Leben lässt, werde ich alles in meiner Macht

Stehende tun, damit deine nächsten vierzig Lebensjahre besser werden als die ersten.«

Cooper hörte auf zu reden. Er konnte die Emotionen in Kieras Augen sehen. Er hielt den Atem an und wartete auf ihre Antwort.

KAPITEL DREI

Kiera starrte Cooper ungläubig an. Was er gerade gesagt hatte, ging so tief ... sie wusste nicht, wo sie anfangen sollte.

Er hatte nach ihr gefragt. Nicht nur gefragt, er hatte eindeutig Interesse an ihr.

Aber eine Sache bekam sie nicht aus dem Kopf. »Du bist nicht behindert.«

Er schnaubte. »Ich hasse es, derjenige zu sein, der dir das beibringen muss, aber ich bin es.«

Kiera schüttelte heftig den Kopf. »Gandhi sagte einmal: ›Stärke wächst nicht aus körperlicher Kraft – vielmehr aus unbeugsamem Willen.‹ Mein anderes Lieblingszitat ist von Oscar Pistorius, ein Läufer aus Südafrika, der bei den Paralympischen Spielen angetreten ist. Ihm wurden beide Beine unterhalb des Knies amputiert.«

»Ich weiß, wer das ist«, sagte Cooper mit einem Lächeln. »Wurde er nicht auch wegen Mordes an seiner Freundin verurteilt?«

»Ja, aber das ist nebensächlich. Es macht meinen Standpunkt wahrscheinlich noch deutlicher. Wenn er sich selbst als behindert angesehen hätte, hätte er niemanden töten können. Wie auch immer. Ich wollte dir erzählen, was er einmal gesagt hat. ›Du wirst nicht durch deine Behinderungen an etwas gehindert, sondern durch deine Fähigkeiten zu etwas befähigt.‹«

»Ich bin mir nicht sicher, ob meine Fähigkeiten in der normalen Gesellschaft gebraucht oder erwünscht sind«, sagte Cooper trocken.

Kiera legte eine Hand auf sein Bein und sagte leise: »Ich bringe den Kindern in meiner Klasse bei, dass sie werden können, was sie wollen, dass sie tun können, was sie wollen. Möglicherweise müssen sie einige Herausforderungen meistern, um das zu erreichen, aber nur weil es noch nie einen gehörlosen Opernsänger gegeben hat, heißt das nicht, dass es niemals einen geben wird.«

»Ich wette, wenn ich es googeln würde, würde ich einen finden«, sagte Cooper zu ihr.

»Du verstehst nicht, worum es geht«, schnaubte Kiera und lehnte sich frustriert zurück.

»Doch, das tue ich. Ich mache nur Spaß. Ich verspreche dir, an meiner Einstellung zu meinem Hörverlust zu arbeiten, aber du musst mir etwas Zeit geben. Ich war ein SEAL, Schätzchen. Einer der gefürchtetsten und angesehensten Männer im Militär. Jetzt bin ich arbeitslos und habe Mühe herauszufinden, was ich mit dem Rest meines Lebens anfangen soll. Viele Dinge, die ich für selbstverständlich gehalten habe, bereiten mir Probleme, und es ist ... schwer.«

In diesem Moment hatte Kiera größeren Respekt vor Cooper als vor irgendjemandem zuvor. Er scheute sich nicht davor zuzugeben, dass er nach seinem Austritt aus der Navy ins Wanken geraten war. Sie beschloss, auf die anderen Dinge einzugehen, die er zuvor gesagt hatte.

»Erstens bist du ... männlicher ... als die meisten Männer, die ich jemals getroffen habe. Ob du hören kannst oder nicht, hat keinerlei Einfluss darauf.«

Er bewegte nicht seine Lippen, aber die Falten um seine Augen vertieften sich bei jedem ihrer Worte ... als würde er sie mit seinen Augen anlächeln. Sie fuhr fort in der Hoffnung, ihn in diesem Punkt überzeugt zu haben.

»Es ist mir egal, ob du zur falschen Zeit etwas Falsches sagst. Ich bin zu alt, um mich darum zu kümmern, was andere über mich oder meine Freunde denken. Dumme Leute nerven mich einfach nur. Ich liebe Kinder und verbringe jeden Tag mit ihnen, aber ich liebe es genauso, nach Hause in meine ruhige Wohnung zu kommen, die Füße hochzulegen und bei einem Glas Wein zu entspannen. Ich bin an einem Punkt in meinem Leben angekommen, an dem ich mir selbst nicht mehr sicher bin, ob ich noch Kinder haben möchte.«

Es war das erste Mal, dass sie diese Worte laut aussprach, und es war irgendwie befreiend. »Die Gesellschaft meint, dass mit Frauen, die sich nicht fortpflanzen wollen, irgendetwas nicht stimmt. Aber ich genieße mein Leben. Ich mag es, in den Urlaub fahren zu können, wann und wohin ich will. Dass du keinen Collegeabschluss hast, ist mir egal. Du bist klug, hast einen gesunden Menschenverstand und ich bin lieber mit dir zusammen als mit vielen dieser sogenannten gebildeten Menschen, die ich kenne. Du musst mich nicht beschützen. Ich passe schon sehr lange ganz gut auf mich selbst auf. Und wenn es irgendetwas gibt, das du wissen musst, aber es nicht hören kannst, wird es mir nichts ausmachen, die Informationen an dich weiterzugeben.«

Sie starrten sich einen Moment lang an.

»Heißt das, unser Altersunterschied macht dir nichts aus?«, fragte Cooper leise. So leise, dass Kiera ihn kaum hören konnte.

»Nicht wirklich«, sagte sie ehrlich. Als er vor Frustration oder Unglauben die Augenbrauen hob, fuhr sie rasch fort: »Ich habe die Befürchtung, dass du es in ein paar Jahren bereuen wirst, sollten wir zusammenkommen. Du wirst vielleicht denken, dass du deine Jugend verschwendet und etwas verpasst hast. Ich werde Ende vierzig sein, wenn du noch in den Dreißigern bist. Ich werde in die Wechseljahre kommen, wenn du ...«

Cooper legte seine Hand auf ihren Mund. Als sie verstummte, fuhr er mit den Fingerspitzen der anderen Hand über ihren Hals und strich mit dem Daumen über ihre Wange.

»Wenn du mir eine Chance gibst und wir zusammenkommen, werde ich keine Sekunde unserer Zeit miteinander jemals bereuen. Ich war in der Vergangenheit kein Heiliger, aber jedes Verlangen, mit einer Frau ins Bett zu gehen, ist in dem Augenblick erloschen, in dem diese Bombe explodierte. Ich hatte niemanden, der mir beigestanden hätte, als ich im Krankenbett lag ... mir ist klar geworden, wie viel Zeit ich verschwendet habe. Ich bin nicht auf der

Suche nach einer bedeutungslosen Affäre. Ich möchte eine Beziehung mit einer Frau, die ihr Leben mit mir verbringen möchte. Gib mir eine Chance, Kiera. Eine Chance, dir zu zeigen, dass ich kein Mistkerl bin. Dass ich der Typ Mann sein kann, der dich so behandelt, wie du behandelt werden solltest.«

»Versprich mir eins«, bat Kiera.

»Alles.«

»Wenn du es dir anders überlegst, wenn dich der Altersunterschied doch stört, wenn du Kinder haben willst oder wenn es dir zu langweilig wird, am Samstagabend herumzusitzen und fernzusehen, musst du es mir sagen. Betrüge mich nicht, schlag mich nicht und tu auch nicht irgendetwas anderes, damit ich mich von dir trennen muss.«

»Ich verspreche es«, sagte er sofort. »Aber ich sage dir jetzt schon, dass das niemals passieren wird. Erstens wäre ich ein Idiot, dich zu betrügen. Ich weiß genau, dass es bei uns im Bett heiß werden wird. Allein hier zu sitzen und deine Hand zu halten macht mich aufgeregter und erregter als je zuvor. Ich habe keinen Zweifel, dass du mich umhauen wirst, sollten wir uns jemals lieben. Und nach den letzten Jahren in Teams und auf Missionen kann ich mir nichts Besseres vorstellen, als jeden Abend mit dir abzuhängen und nichts zu tun. Ich hatte genügend

Aufregung für ein ganzes Leben. Auf keinen Fall würde ich dich jemals verletzen. Auf gar keinen Fall.«

»Aber falls ...«

»Kein Wenn und Aber, Liebling. Aber wenn du dich besser dabei fühlst, dann ja, ich verspreche dir, dass ich es dir sofort sagen werde, wenn ich glaube, dass es mit uns nicht funktioniert, damit wir beide ohne Verbitterung weiterziehen können.«

Kiera seufzte erleichtert und nickte.

Einen langen Moment starrten sie sich an, bevor sie fragte: »Wie geht es deinem Kopf?«

»Besser.«

Sie hob ihre Hand an sein Gesicht und spiegelte seine Haltung, wobei sie mit ihrem Daumen über seine Wange strich. »Also ... was nun?«

»Ein Kuss, um die Vereinbarung zu besiegeln?«

Sie grinste. »Ja, das würde mir gefallen.«

Cooper bewegte seinen Kopf langsam auf sie zu und Kiera hielt den Atem an. Sie hätte niemals gedacht, dass dieser Abend so enden würde, besonders nicht, nachdem sie Cooper in Abwehrhaltung so in der Ecke hatte stehen sehen.

Kiera schloss die Augen. Als ihre Körper sich berührten, hätte sie schwören können, Sterne zu sehen. Seine Lippen berührten ihre einmal kurz, dann ein zweites Mal mit mehr Selbstvertrauen. Kiera verstärkte ihren Griff um seinen Hals, zog ihn an sich und gab ihm ohne Worte zu verstehen, wie sehr sie seine Berührung mochte.

Als Cooper mit der Zunge über ihre Unterlippe fuhr, schnappte sie nach Luft und öffnete den Mund, worauf er offensichtlich gewartet hatte. Er neigte ihren Kopf in einen besseren Winkel und verschwendete keine Zeit mehr, bevor er sich in ihren Mund vertiefte.

Er konnte mit seiner Zunge so gut umgehen, wie er in ihrer Vorstellung eine Waffe beherrschen würde – mit präziser Genauigkeit und Selbstvertrauen. Er wusste, was er tat ... und Kiera konnte sich für die bevorstehende Erfahrung nur noch an ihm festhalten. Er wechselte zwischen kräftigen Stößen und leichten, sanften Liebkosungen. Mit seiner Zunge schien er nachzuahmen, was er hoffentlich zu einem späteren Zeitpunkt mit ihrem Körper tun würde.

Einige Augenblicke später zog er sich zurück und berührte ihre Nase mit seiner. Kiera öffnete die Augen und blinzelte ihn an. Sie leckte sich über die Lippen und schmeckte ihn. »Also ... was nun?«, wiederholte sie.

Cooper lächelte. »Was nun? Wir werden uns

verabreden und uns kennenlernen. Ich werde am Arbeitsplatz mit dir flirten und in der Pause ein paar Küsse von dir stehlen. Du wirst mich weiterhin in Gebärdensprache unterrichten und ich werde dich so behandeln wie das Wichtigste in meinem Leben.«

»Ich habe das Gefühl, dass du keine Probleme haben wirst, die Gebärdensprache zu lernen, wenn ich mir ansehe, welche Fortschritte du in den letzten Wochen gemacht hast«, sagte Kiera zu ihm. Sie war beeindruckt, wie schnell er die Grundlagen erlernt hatte, und wusste, dass er in kurzer Zeit sicherer werden würde.

Cooper beugte sich vor, küsste sie noch einmal – ein Kuss mit geschlossenen Lippen, bei dem ihr trotzdem die Knie weich wurden – und stand auf. »Ich habe eine gute Lehrerin. Komm schon, ich bringe dich zu deinem Wagen.«

Mit einem Lächeln stand Kiera auf und Hand in Hand gingen sie zum Parkplatz.

Am nächsten Morgen ging Cooper durch das Gebäude auf dem Navy-Stützpunkt, das er früher sein Zuhause genannt hatte. Er nickte einigen SEALs zu, die an ihm vorbeigingen. Einige von ihnen hatte er nach seiner Verletzung viel besser kennengelernt. Nachdem er aus gesundheitlichen Gründen in den Ruhestand versetzt worden war, hatte er Angst gehabt, nie wieder die Art von Kameradschaft zu haben, auf die er sich in seinen Teams immer verlassen hatte. Aber die Männer und manchmal sogar ihre Frauen waren während seiner Genesung für ihn da gewesen. Sie hatten ihn besucht, etwas zu essen mitgebracht und ihn ermutigt, morgens mit ihnen zu trainieren.

Ein Mann mit grauem Haar und ordentlich gestutztem Schnurrbart – offenbar selbst ein ehemaliger SEAL – saß an einem Schreibtisch vor Patrick Hurts Büro und hob zur Begrüßung das Kinn, als Cooper auf ihn zukam.

»Hey Coop, du siehst gut aus.«

»Danke, Cutter. Wie geht es dir?«

»Kann mich nicht beschweren«, antwortete Slade »Cutter« Cutsinger. »Hurt erwartet dich schon.«

Cooper hörte nur jedes zweite Wort, das der Mann sagte, es war aber genug, um das Wesentliche zu verstehen. Patrick hatte ihn heute Morgen zu einem Treffen auf den Stützpunkt bestellt. In der Vergangenheit war Cooper verärgert darüber gewesen, dass dieser Mann sich weiterhin in sein Leben einmischen wollte. An diesem Morgen, nachdem er am Abend zuvor Kiera geküsst und erfahren hatte, dass sie einverstanden war, mit ihm auszugehen, konnte er sich aber über nichts ärgern.

Er öffnete die Tür zum Büro seines ehemaligen Kommandanten und blieb stehen. Er hatte erwartet, dass Patrick allein sein würde, stattdessen saß aber bereits ein anderer Mann auf einem der Stühle vor dem großen Schreibtisch. Cooper erkannte ihn nicht, wusste aber sofort, dass er einer Spezialeinheit angehörte oder angehört hatte. Er könnte niemandem, der nicht zu ihrem kleinen Kreis gehörte, erklären warum. Es war einfach so.

Sein dunkles Haar und seine braunen Augen hätten einige Leute dazu verleiten können zu glauben, er wäre ein hübscher, netter Mann, aber da hätten sie sich geirrt. Tödlichkeit schien aus jeder seiner Poren zu sickern, obwohl er einfach nur dasaß.

Ohne darüber nachzudenken, griff Cooper nach seinem linken Ohr und drückte auf sein Hörgerät. Er hatte gefühlt, wie es sich in seinem Gehörgang bewegt hatte, und seufzte erleichtert, als er hörte, wie Hurts Stuhl quietschte, als der Mann aufstand.

»Danke, dass du gekommen bist, Coop«, sagte Hurt.

Cooper konzentrierte sich auf die Lippen des Mannes. Zusammen mit seinem Hörgerät konnte er verstehen, was er sagte. Es war eine Erleichterung. Instinktiv verspürte er den Drang, in Anwesenheit des Fremden die Oberhand behalten zu müssen.

»Kein Problem. Was gibt es?«

»Ich möchte, dass du einen Freund von mir kennenlernst. John Keegan ... auch bekannt als Tex.«

Cooper drehte sich zu dem anderen Mann um und streckte seine Hand aus. »*Der* Tex?«

»Der einzig wahre«, antwortete Tex mit einem Lächeln im Gesicht, als er seine Hand schüttelte.

»Wow. Ich bin wirklich erfreut, dich kennenzulernen.«

Tex lächelte. »Gleichfalls. Ich habe gute Dinge über dich gehört und als Hurt mich um meine Hilfe gebeten hat, habe ich beschlossen, einen Ausflug hierher zu unternehmen. Es ist eine Weile her, seit ich meine Freunde gesehen habe.«

Cooper wusste über Tex Bescheid. Hurt hatte ziemlich oft über ihn gesprochen. Er war früher selbst ein SEAL gewesen, bis er auf einer Mission sein Bein verloren hatte. Seither half er dem Kommandanten – und wahrscheinlich vielen anderen streng geheimen Teams – bei Missionen. Er war ein Computergenie und obwohl Cooper nicht viel darüber wusste, was genau der Mann tat, wusste er genug, um beurteilen zu können, dass die SEALs und die US-Regierung sich glücklich schätzen konnten, ihn auf ihrer Seite zu haben.

»Ist alles in Ordnung?«, fragte Cooper Hurt. »Warum ist Tex hier?«

»Wie du wahrscheinlich weißt, lebt Tex mit seiner Frau Melody an der Ostküste. Er hilft mir und vielen anderen Kommandanten im ganzen Land bei der Beschaffung von Informationen. Er kennt viele Militärangehörige im Ruhestand und im aktiven Dienst – SEALs oder Delta Force-Mitglieder, die entweder im Einsatz verletzt wurden oder ausgestiegen sind.«

Cooper sah Tex etwas genauer an, während Hurt fortfuhr. Seine anfängliche Einschätzung von Tex, bevor er wusste, dass es sich bei ihm um den berüchtigten ehemaligen SEAL handelte, war richtig gewesen. Es war gut zu wissen, dass er seinen Instinkt nach seiner Verletzung nicht verloren hatte.

»Ich habe ihn gebeten, ein paar Tage herzukommen, um mit dir zu reden. Ich weiß, dass du mit den Navy-Psychologen geredet hast, aber es gibt niemanden, der besser weiß, was du durchmachst, als jemand, der in deiner Haut steckt.«

Tex unterbrach Patrick. »Ich habe keine Ahnung, was du mit deinem Gehör durchmachst. Ich muss mich nur mit meinem Bein auseinandersetzen, das mir ab und zu Schmerzanfälle bereitet, aber es ist nicht dasselbe, wie mein Gehör, mein Sehvermögen oder einen anderen meiner Sinne zu verlieren. Ich bin nicht gekommen, um dir zu sagen, wie du damit umgehen sollst. Hurt hat mich nur gebeten, mit dir darüber zu reden, wie es für mich war, ins Zivilleben zu wechseln.«

Cooper blinzelte. Er hatte nicht damit gerechnet, dass Tex das sagen würde. Viele Leute hatten schon versucht, ihm zu erzählen, wie er mit dem Verlust seines Gehörs umgehen und was er mit dem Rest seines Lebens anfangen sollte, aber niemand verstand wirklich, wie es war, von einem Leben in ständiger Bereitschaft für sein Land und mit kurzfristigen Einberufungen zu der Tristesse einer einsamen Wohnung zu wechseln, wo niemand ihn mehr brauchte.

Sein erster Gedanke war es, Tex zu sagen, er sollte sich verpissen, dass er sehr gut allein den Übergang bewältigte, aber dann dachte er an Kiera. Er wollte ihrer würdig sein und er hatte Angst, sie zu verlieren, wenn er nicht klar im Kopf werden und herausfinden würde, was er mit seinem Leben anfangen sollte. Vielleicht könnte ihm dieser ehemalige SEAL dabei helfen.

»Ich kann nicht behaupten, dass ich begeistert darüber bin, dass Hurt das hinter meinem Rücken arrangiert hat, aber es würde mir nichts ausmachen, ein oder zwei Bier mit dir trinken zu gehen. Aber nicht in einer Kneipe, da kann ich nichts hören.«

Tex lachte leise. »Kein Problem.«

»Wenn wir das geklärt hätten, muss ich dann los.«

»Hast du einen neuen Job, von dem ich nichts weiß, Coop?«, fragte Hurt und beugte sich in seinem Stuhl vor.

Cooper grinste. »Nein, Dad. Ich arbeite immer noch ehrenamtlich in der Gehörlosenschule, zu der du mich vor ein paar Wochen geschickt hast.«

Der Ausdruck, der sich auf Hurts Gesicht ausbreitete, konnte nur als selbstgefällig bezeichnet werden. »Lass mich raten ... in Miss Hamiltons Klassenzimmer?«

»Ach, halt den Mund«, sagte Cooper emotionslos.

»Miss Hamilton?«, fragte Tex.

»Sie ist Lehrerin an der Schule. Ich dachte, es würde Coop helfen, zu sehen, wie gut Kinder sich an ein Leben ohne Gehör anpassen können.«

»Und war es nicht ein glücklicher Zufall, dass Kiera mit Julie befreundet ist?«, fragte Cooper.

»Du schuldest mir immer noch etwas, dass ich sie zu dir geschickt habe«, sagte Tex zu dem Kommandanten.

Hurt lächelte und verdrehte die Augen. Dann wandte er sich wieder Cooper zu und wurde ernst. »Kiera ist ein wundervoller Mensch. Sie arbeitet hart und ist eine gute Freundin von Julie. Aber es ist mehr als das ... ich mag dich, Coop. Und wenn du dich mit einer Freundin meiner Frau verabredest, würden wir uns auch öfter sehen. Das würde mir gefallen.«

Coop wusste nicht genau, was er darauf erwidern sollte, aber es fühlte sich gut an. Es fühlte sich verdammt gut an zu wissen, dass sein ehemaliger Kommandant mehr als nur sein Vorgesetzter war. Er war auch ein Freund.

»Jetzt verschwindet aus meinem Büro, damit ich etwas Arbeit erledigen kann«, sagte Hurt und beendete das heikle Gespräch. »Und grüß Kiera von mir.«

Cooper und Tex standen auf. Sie nickten Patrick zu und verließen sein Büro.

»Hey, Coop«, rief Cutter.

Cooper hörte ihn nicht und ging weiter zur Tür.

Tex berührte Cooper am Arm und deutete mit dem Kopf auf den Verwaltungsassistenten.

Cooper kämpfte gegen den Drang an, sich dafür zu entschuldigen, dass er ihn nicht gehört hatte. Er wandte sich an den älteren Mann und hob fragend die Augenbrauen.

»Wolf und der Rest seines Teams haben dich und Tex zu einem Duell herausgefordert ... in gewisser Weise. Sie meinen, dass ihr weich geworden seid, jetzt, wo ihr euch im Ruhestand befindet. Heute Abend, achtzehnhundert, am Strand.«

Coopers Augen schimmerten. »Willst du mitmachen, alter Mann?«, fragte er.

Cutter lächelte. »Verdammt, na klar!«

»Bis dann«, sagte Cooper.

»Bis nachher«, antwortete Cutter.

Als sie über den Parkplatz zu ihren Wagen gingen, sagte Tex zu Cooper: »Um ehrlich zu sein, ich weiß nicht, warum Hurt mich gebeten hat herzukommen. Versteh mich nicht falsch, ich freue mich darüber, mit meinen Freunden abhängen zu können, aber es scheint dir sehr gut zu gehen.«

Cooper hob die Schultern. »Vielleicht. Vielleicht auch nicht. Aber ich würde gern deine Geschichte hören. Ich weiß nämlich gar nicht, wie du deine Frau kennengelernt hast.«

Tex lächelte. »Ich habe sie mehr oder weniger übers Internet gestalkt.«

Cooper starrte den Mann ungläubig an.

Tex lachte. »Wir haben uns in einem Chatraum kennengelernt. Sie wurde von jemandem gestalkt und hat den Kontakt mit mir abgebrochen. Dann musste ich sie aufspüren.«

»Und wurde ihr Stalker festgenommen?«, fragte Cooper.

Tex nickte.

»Ich kann es kaum erwarten, die ganze Geschichte zu hören.«

»Und ich werde sie dir erzählen ... bei ein paar Bierchen.«

»Ich freue mich darauf.« Und ausnahmsweise sagte Cooper nicht nur, wovon er glaubte, dass sein Gegenüber es hören wollte. Er meinte es ernst.

Die beiden Männer klopften sich gegenseitig auf den Rücken und stiegen in ihre Wagen.

So neugierig Cooper auch war, Tex' Geschichte zu hören, die Gedanken an den anderen Mann und den bevorstehenden Wettbewerb am Strand verflogen, als er sich darauf freute, Kiera wiederzusehen.

KAPITEL VIER

Kiera lächelte, als Cooper an die Tür zu ihrem Klassenzimmer klopfte. Der Schulleiter hatte sie darüber informiert, dass Cooper darum gebeten hatte, heute in ihrer Klasse auszuhelfen. Obwohl er während der letzten Monate einige Male in der Schule gewesen war, hatte er sich noch nie in ihrem Klassenzimmer aufgehalten. Sie hatte versucht, es zu ignorieren, konnte aber nicht leugnen, dass es sie verletzt hatte.

Die Erstklässler waren gerade mit ihren Tablets zur Ruhe gekommen, als Cooper eintraf. Die Schüler sahen ein Video, in dem ein Buch gleichzeitig vorgelesen und in Zeichensprache gebärdet wurde. Die Kinder mit dem geschriebenen Wort, einem Bild dazu und dem Zeichen für das Wort in Gebärdensprache vertraut zu machen, war für ihre kognitive Entwicklung unerlässlich. Gehörlose Kinder lernten normalerweise etwas langsamer, aber sie hatte festgestellt, dass die meisten begierig nach Wissen waren. Sobald sie den Dreh raushatten, dauerte es nicht lange, bevor sie die Wörter verstanden und die richtigen Zeichen zuordnen konnten.

Sie ging zur Tür, um ihn zu begrüßen, und wurde rot, als er auf ihre Lippen starrte, als wollte er sie an Ort und Stelle verschlingen. »Hallo.«

»Hallo. Komme ich ungelegen?«

Kiera schüttelte den Kopf. »Nein, überhaupt nicht. Ich habe die Kinder gerade mit Büchern versorgt. Wie kommt es, dass du vorher noch nie in meinem Klassenzimmer ausgeholfen hast?«

»Ich bin nicht so gut im Umgang mit so kleinen Kindern«, gab Cooper zu, während er ihr in den Raum folgte. »Die Älteren kann ich mit meiner Geschichte beeindrucken, aber die Kleinen sind nicht so leicht zu begeistern.«

»Du wirst das gut machen«, sagte Kiera. Seine Unsicherheit machte ihn irgendwie noch attraktiver für sie. »Warte hier, während ich den Kindern sage, sie sollen aufpassen«, sagte sie zu Cooper und zeigte auf einen Platz im vorderen Bereich des Zimmers. Er nickte und sie ging durch den Raum, legte jedem

Kind ihre Hand auf die Schulter und gebärdete ihnen etwas.

Als alle ihre Aufmerksamkeit auf sie gerichtet hatten, sagte sie zu ihnen: »Klasse, das ist Cooper Nelson. Er ist heute hier, um mit euch zu lesen«, während sie es gleichzeitig gebärdete.

Ein kleines Mädchen hob die Hand, um eine Frage zu stellen.

»Ja, Becca?«

Das kleine Mädchen bewegte langsam ihre Hände. Offensichtlich stellte es eine Frage über Cooper, da es mehrmals auf ihn zeigte.

Kiera wiederholte die Frage für die anderen Kinder in der Klasse. Sie hatte festgestellt, dass es den Kindern manchmal schwerfiel, die Zeichensprache anderer Kinder zu verstehen, und es war eine gute Übung für alle, die gleichen Zeichen mehrmals zu sehen.

»Becca fragt, ob Mr. Nelson die Gebärdensprache beherrscht. Sie fragt außerdem, ob er gehörlos sei. Er kennt ein wenig Gebärdensprache, aber er hat gerade erst angefangen zu lernen, genau wie ihr. Cooper kann auf seinem linken Ohr ein bisschen hören, trägt aber ein Hörgerät wie einige von euch. Auf seinem rechten Ohr ist er taub.«

Ein kleiner Junge hob die Hand. Kiera zeigte auf

ihn und sagte, während sie gleichzeitig gebärdete: »Ja, Billy?«

Billy bewegte die Hände und fragte etwas.

Cooper legte seine Hand auf Kieras Arm und fragte: »Kann ich antworten?«

Sie lächelte ihn an und nickte.

Cooper ging in die Knie und drehte den Kopf zu den Kindern, um ihnen sein Hörgerät zu zeigen. Dann gebärdete er langsam und etwas ungenau: »Ich stand zu nahe an einer ...« Er machte eine Pause, sah zu Kiera auf und zuckte die Achseln.

Ihr schmolz das Herz. Er war so bemüht, sich auf dieselbe Ebene wie die Kinder zu begeben. Viele Leute verstanden nicht, dass das einen großen Unterschied machte. Schnell sagte und gestikulierte sie das Wort für »Explosion«. Er lächelte sie an und wandte sich wieder den Kindern zu, die beide Erwachsenen mit großen Augen beobachtet hatten.

»Explosion«, gebärdete Cooper. »Dadurch habe ich mein Gehör verloren.«

Sofort hoben sechs weitere Kinder die Hand. Kiera lachte leise.

Die nächsten zwanzig Minuten versuchte Cooper, alle Fragen akribisch zu beantworten. Kiera half ihm mit den richtigen Zeichen, wenn er sie nicht wusste, was oft der Fall war.

Cooper beantwortete die Fragen, ob er Narben hatte, ob er verheiratet war, ob er Kinder hatte, wie alt er war, was er beruflich tat und ob die Explosion wehgetan hatte. Er hatte alles so ehrlich wie möglich beantwortet, ohne über einige der naiven Fragen der Kinder zu lachen.

Ehrfurcht und Verehrung waren den meisten Kindern förmlich ins Gesicht geschrieben. Es kam nicht oft vor, dass sie einen Mann wie Cooper sahen – stark, groß und maskulin –, der sich die Mühe machte, mit ihnen in ihrer Sprache zu reden. Seine offensichtliche Unsicherheit in Bezug auf die Gebärdensprache machte ihn für sie zugänglicher, ebenso wie sein ständiges Lachen über seine eigene Unfähigkeit.

Gerade als Kiera die Kinder bitten wollte weiterzuarbeiten, hob ein kleiner Junge im hinteren Teil des Klassenzimmers langsam die Hand. Sie verbarg ihre Überraschung. Frankie war für sein Alter noch sehr klein und machte keine großen Fortschritte. Er war sehr zurückhaltend und hatte bisher keine Freunde in der Klasse gefunden. Er neigte häufig dazu, die anderen Kinder in seiner Klasse zu schubsen, wenn er sie nicht verstand oder es nicht nach seinem Willen ging.

Kiera wusste, dass es an den turbulenten

Zuständen in seiner Familie und an dem Schulwechsel lag. Er tat ihr leid. Frankies Vater war froh, dass sein Sohn einen Platz an dieser besonderen Schule bekommen hatte. Nach einer strittigen Scheidung waren sie von Los Angeles nach Riverton gezogen, um einen Neuanfang zu machen. Seine Ex-Frau war drogenabhängig und somit hatte er das alleinige Sorgerecht für seinen Sohn bekommen. Bis vor Kurzem hatte sie Frankie noch unter Aufsicht besuchen dürfen, aber nachdem sie sich mit ihm unerlaubt von der gerichtlich angeordneten Aufsichtsperson entfernt und ihn zu einem Drogenumschlagplatz mitgenommen hatte, waren ihr alle Rechte entzogen worden.

Kiera war klar, dass der kleine Junge wahrscheinlich Probleme mit den Veränderungen in seinem Leben hatte, aber er war jetzt schon zwei Monate in dieser Schule und es ging ihm nicht besser. Es grenzte fast an ein Wunder, dass er den Mut gefasst hatte, die Hand zu heben, um eine Frage zu stellen.

Sie zeigte auf den kleinen Jungen und gestikulierte: »Ja, Frankie?«

Er benutzte das Alphabet, um seine Frage zu buchstabieren. Es war verständlich, aber geradezu schmerzhaft mit anzusehen, wie viel Mühe er hatte.

Kiera schluckte und sah Cooper an, bevor sie die

Frage für den Rest der Klasse wiederholte. »Frankie fragt, was Coopers harte Militärfreunde davon halten, dass er seine Hände benutzt, um wie ein Weichei zu reden.«

Einige der Kinder schnappten regelrecht nach Luft und drehten ihre Köpfe herum, um Frankie mit großen Augen anzustarren. Kiera war nicht bewusst gewesen, dass Frankie Gebärdensprache so sah. Es war herzzerreißend und schockierend zugleich.

Cooper hatte bei der Frage nicht einmal geblinzelt. Er stand auf und ging zu Frankie hinüber. Als er bei dem Jungen ankam, setzte er sich auf den Boden und schlug ungeschickt die Beine übereinander. Dann raubte er Kiera mit seiner Antwort den Atem.

Er buchstabierte die meisten seiner Worte, so wie Frankie es getan hatte. Nicht ein einziges Mal suchte er bei Kiera nach Hilfe. »Meine Freunde sind neidisch, dass ich jetzt meine eigene Geheimsprache habe. Ob du es glaubst oder nicht, Frankie, in meinem Team hatten wir eigene Handzeichen für verschiedene Dinge. Das hier«, er machte eine Bewegung mit seinen Händen, die Kiera nicht erkannte, »bedeutet Gefahr. Und das«, er zeigte ein weiteres Zeichen, das eindeutig nicht zur Gebärdensprache gehörte, »bedeutet, dass ein Bösewicht in der Nähe ist. Ich weiß nicht, wer dir gesagt hat, dass Gebärdensprache für Weicheier ist, aber das stimmt absolut nicht. Es ist cool. Es ist das Coolste, was ich je zu lernen versucht habe. Ich kann mich mit dir, deinen Klassenkameraden und Miss Hamilton unterhalten, ohne dass uns Menschen, die nicht gehörlos sind, verstehen können. Es ist, als wäre man ein geheimer Agent direkt vor der Nase anderer Menschen. Ich finde es cool, diese neue Geheimsprache zu kennen, auch wenn ich noch nicht sehr gut darin bin.«

Hätte Kiera Frankie nicht genau beobachtet, wäre ihr vielleicht entgangen, dass seine Augen immer größer wurden. Sie konnte förmlich sehen, welchen Einfluss die Tatsache, dass ein großer, starker Mann wie Cooper die Gebärdensprache für cool hielt, auf seine Psyche hatte.

Monatelang hatte sie erfolglos versucht, Frankie dazu zu bringen, ein wenig Interesse an dem zu zeigen, was sie versuchte, ihm beizubringen. Aber mit seiner akribisch buchstabierten Antwort hatte Cooper irgendwie eine Verbindung zu dem Jungen hergestellt, wie sie es selten zuvor erlebt hatte.

Kiera schluckte schwer, um nicht in Tränen auszubrechen, bevor sie mit der Hand wedelte, um die Aufmerksamkeit der Kinder zu bekommen. Sie seufzte. »Nachdem wir Cooper alle besser kennengelernt haben, ist es Zeit, mit dem Unterricht fortzufahren.«

Die Kinder nickten und jeder suchte sich mit einem Tablet in der Hand einen Platz im Raum. Im Klassenzimmer verteilt waren Sitzsäcke, kleine Sofas und große, flauschige Teppiche ... mehr als genug, damit die Kinder sich einen bequemen Ort zum Lesen suchen konnten.

Sie sah zu Frankie und Cooper hinüber und bekam gerade noch das Ende von Coopers Frage an den kleinen Jungen mit. »... kann ich bei dir sitzen, während du liest?«

Frankie nickte und Kiera sah ehrfurchtsvoll zu, wie Cooper und ihr kleiner Unruhestifter sich nebeneinandersetzten, sodass ihre Knie sich berührten, das Tablet zwischen ihnen. Frankie schaltete es ein und setzte die Geschichte fort, die er vor der Unterbrechung gelesen hatte.

Während der nächsten dreißig Minuten beobachtete Kiera aus dem Augenwinkel, wie Frankie und Cooper erst eine Geschichte durchgingen, dann eine zweite und schließlich eine dritte. Sie hatte den kleinen Jungen noch nie so engagiert in eine Lektion vertieft gesehen wie in dieser halben Stunde. Er und Cooper wiederholten die Handzeichen für jedes einzelne Wort, so wie der Erzähler des Buches es verlangte. Sie lächelten sich an und irgendwann streckte Frankie sogar die Hand aus, um eines von Coopers Zeichen zu korrigieren.

Nun war es Zeit für die Mittagspause und Kiera ließ die Kinder in einer Reihe antreten, um mit ihnen in den Speisesaal zu gehen. Es gab mehrere Aufsichtspersonen, die in der Cafeteria für Ordnung sorgten und den Kindern mit den Speisen und den Tabletts halfen. Während sie auf einen der Helfer warteten, der sie in die Cafeteria führen würde, beobachtete Kiera die Unterhaltung zwischen Frankie und Cooper.

»Wirst du wiederkommen?«, gebärdete Frankie.

»Ja«, erwiderte Cooper.

»Wann?«

Cooper hielt einen Moment inne und antwortete schließlich: »Wenn du möchtest, kann ich jeden Tag kommen.«

Kiera schnappte nach Luft. Das hätte er Frankie nicht sagen sollen. Es würde dem kleinen Jungen das Herz brechen, wenn er nun nicht jeden Tag auftauchte. Bevor sie einschreiten konnte, um den Schaden zu begrenzen, überraschte Frankie sie.

»Sag das nicht, wenn du es nicht so meinst«, buchstabierte der kleine Junge.

Cooper legte seine große Hand auf Frankies

magere Schulter und buchstabierte mit der anderen Hand. »Ich sage niemals etwas, das ich nicht so meine. Willst du ein geheimes Zeichen lernen, das ich und meine Militärfreunde benutzen?«, fragte Cooper in einer Kombination aus Buchstaben und Zeichen.

Frankie zeigte eifrig das Zeichen für: »Ja.«

»Okay, aber es ist supergeheim und es ist ein Männercode. Du darfst nur andere Männer auf diese Weise begrüßen, okay?«

Frankie reagierte erneut ungeduldig mit: »Ja.«

»Pass gut auf«, sagte Cooper und hob sein Kinn, so wie Kiera es in der Vergangenheit beobachtete hatte, wenn er seine Freunde begrüßt hatte.

Mit ihrer Hand verbarg sie das Lächeln auf ihrem Gesicht.

Frankie runzelte die Stirn und versuchte, Cooper nachzuahmen.

»Schon ganz gut, aber anstatt zu nicken, heb stattdessen einfach dein Kinn nur ein wenig an.« Cooper demonstrierte es erneut.

Frankie ahmte ihn nach und diesmal klappte es erstaunlicherweise. Es sah aus wie eine Miniversion der knallharten »Hey«-Geste, die Cooper mit seinen Freunden benutzte.

»Jetzt hast du es. Gut gemacht. Aber denk daran

... nur richtige Männer darfst du so grüßen. Es ist unser Geheimcode für *Hallo* und *Tschüss*.« Er sah zu Kiera hinüber und zwinkerte ihr zu, dann wandte er sich wieder an Frankie. »Sehen wir uns morgen, Frankie?«

Frankie nickte und Kiera sah zum ersten Mal, seit der Junge auf diese Schule ging, ein breites Lächeln auf seinem Gesicht.

Die Kinder begannen, sich in Bewegung zu setzen, und Cooper stand auf. Er sah auf Frankie hinunter und hob das Kinn. »Auf Wiedersehen.«

Frankie erwiderte den Gruß und verließ stolz den Raum hinter seinen Klassenkameraden.

Kiera schloss die Tür hinter ihren Schülern und ging auf Cooper zu.

»Ich ...«

Er bekam keine Gelegenheit, noch etwas zu sagen, bevor sie sich vor ihm auf Zehenspitzen stellte und sein Gesicht zwischen ihre Hände nahm. Sie zog seinen Kopf zu ihrem und legte ihre Lippen auf seine. Er legte sofort seine Arme um sie und zog sie an sich, sodass sie sich von den Hüften bis zur Brust berührten.

Er ließ sie für einen Moment den Kuss kontrollieren, bevor er übernahm. Er verschlang ihren Mund, als hätte er sie seit Jahren nicht mehr gesehen. Schließlich brachen sie den Kuss ab, aber Cooper ließ sie nicht los. Er hielt sie an seinem Körper fest und fragte: »Wofür war das?«

»Du bist ein Wundertäter«, sagte Kiera.

Er grinste. »Ich glaube nicht, dass Mutter Theresa dir in diesem Punkt zustimmen würde, Liebling.«

Kiera schüttelte den Kopf. »Ich versuche schon lange, Frankie auch nur ein Zehntel der Aufmerksamkeit abzuringen, die er dir heute geschenkt hat ... bisher erfolglos. Und nach nur dreißig Minuten mit dir ist er wie ausgewechselt.«

»Alles, was er gebraucht hat, war etwas Aufmerksamkeit«, protestierte Cooper. »Ich habe nichts Besonderes gemacht.«

»Nein, so einfach ist das nicht«, beharrte Kiera.

»Ich weiß.« Cooper hatte die Stimme gesenkt, bis er kaum noch zu hören war, aber Kiera unterbrach ihn nicht. »Jemand hat ihm Scheiße in den Kopf darüber gesetzt, wie sich ein richtiger Mann zu verhalten hat. Ich denke, einen ehemaligen Soldaten in Gebärdensprache reden zu sehen, hat es für ihn irgendwie legitimiert. Ich musste ihm nur zeigen, dass es für mich in Ordnung ist, mit meinen Händen zu sprechen, und dass er dadurch nicht weniger männlich ist. Mit dem Menschen, der ihm diesen

Mist in den Kopf gesetzt hat, würde ich gern mal ein Wörtchen reden. Wahrscheinlich war es sein Vater.«

»Der war es nicht«, sagte Kiera und fuhr sanft mit ihren Fingernägeln über Coopers Hals. »Sein Vater liebt ihn über alles. Er ist alleinerziehend und arbeitet sich den Arsch ab, um seinem Sohn alles zu geben, was er braucht, um erfolgreich zu sein.«

»Wer auch immer es war, sollte erschossen werden«, murmelte Cooper und senkte den Kopf an Kieras Hals. Er atmete ihren Duft ein und berührte ihre Haut.

Kiera spürte, wie sie Gänsehaut bekam, als seine Lippen die nackte Haut an ihrem Hals berührten. Sie zog leicht an seinen Haaren und er hob den Kopf, um sie anzusehen.

»Wirst du jetzt wirklich jeden Tag kommen, wie du es Frankie versprochen hast? Du darfst diese Kinder nicht anlügen, Cooper. Wenn du ihnen etwas versprichst, musst du dich daran halten.«

»Ich verspreche nichts, was ich nicht meine. Ich würde wirklich gern jeden Tag vorbeischauen ... wenn das in Ordnung ist«, beendete er unsicher.

»Das ist in Ordnung«, beruhigte Kiera ihn sofort. »Aber ich befürchte, dass du dich langweilen wirst.«

»Kiera, ich habe fast acht Jahre meines Lebens damit verbracht, Scheiße in die Luft zu jagen, beschossen zu werden und mein Leben für unser Land aufs Spiel zu setzen. Zeit mit Kindern zu verbringen, ihnen beim Lernen zu helfen und selbst dabei zu lernen, klingt wie der Himmel auf Erden.«

Kiera schluckte schwer. Sie kannte keinen einzigen Mann, der auch nur ansatzweise so reden würde wie Cooper. »Okay.«

»Okay.« Cooper lächelte sie an und zog ihre Hüften fester an seine. Sie konnte seine Erektion spüren und spannte ihre inneren Muskeln an. Gott. »Wollen wir heute gemeinsam zu Abend essen?«

»Ja«, antwortete sie sofort. Sie wollte so viel Zeit mit Cooper verbringen, wie sie konnte. Es war ihr egal, dass am nächsten Tag Schule wäre. Es war ihr egal, dass es vielleicht so wirkte, als wäre sie leicht zu haben. Wenn Cooper Zeit mit ihr verbringen wollte, würde sie sich diese Chance nicht entgehen lassen.

Er lächelte sie an. »Ich muss um sechs noch etwas mit den anderen SEALs am Strand erledigen. Kann ich dich danach abholen?«

»Was erledigen?«

Cooper verdrehte die Augen. »Eines der SEAL-Teams hat mich und zwei andere SEALs im Ruhestand herausgefordert.«

»Wie herausgefordert?«, fragte Kiera und neigte fragend den Kopf.

»Nicht auf Leben und Tod, wenn du das meinst«, grinste Cooper. »Du hättest gerade dein Gesicht sehen sollen. Nur zu einem Wettkampf am Strand unter Freunden. Sit-ups, um die Wette laufen, schwimmen, solche Dinge eben.«

»Kann ich mitkommen und zuschauen?«

Sie sah eine Emotion in Coopers Augen, konnte sie aber nicht richtig deuten. Schnell sagte sie: »Wenn es nicht erlaubt ist, ist das in Ordnung. Ich hatte nur gedacht, es könnte Spaß machen, dich in Aktion zu erleben.«

»Das hättest du wohl gern?«, fragte er.

»Dich und einen Haufen anderer SEALs mit hoffentlich freiem Oberkörper am Strand herumlaufen zu sehen, wie sie sich gegenseitig beweisen, wer der Stärkere ist? Verdammt ja, das würde mir gefallen«, sagte Kiera mit einem Lächeln.

Er packte sie an der Taille und fing an, sie zu kitzeln. Kiera kreischte und versuchte, sich aus seinem Griff zu winden. »Cooper, hör auf! Ich bin extrem kitzelig!« Sie konnte nicht aufhören zu kichern und drückte ihre Hände gegen seine Brust, was allerdings nicht half, diese intime Folter zu stoppen.

»Du willst dir also die Körper anderer Männer ansehen, Kiera?«

Sie kicherte noch mehr und sagte: »Nein, nur deinen!«

»Du hast gesagt, du willst meinen Freunden auf den Arsch schauen.«

»Nein, habe ich nicht. Ich werde nur auf deinen Arsch schauen ... ich schwöre!«

»Versprochen?«

Kiera konnte nicht aufhören zu kichern. Cooper kitzelte sie vielleicht, aber sie liebte es, seine Hände auf sich zu spüren ... und seine Verspieltheit. »Ich verspreche es ... bitte ...«

»Bitte was?«, fragte Cooper, legte seine Arme wieder um ihren Rücken und zog sie noch einmal an seinen steinharten Körper.

Kiera sah zu ihm auf und hob ihre Arme zwischen ihnen. In Gebärdensprache sagte sie: »Bitte küss mich.«

Cooper warf einen Blick auf die Tür. Kiera wusste seine Umsicht zu schätzen, dass jederzeit jemand ins Klassenzimmer kommen konnte, aber im Moment war es ihr egal. Sie brauchte seine Lippen auf ihren.

Ohne ein weiteres Wort tat Cooper, was sie verlangte. Er küsste sie, als hinge sein Leben davon ab. Langsam und schnell, tief und flach. Es war nicht nur ein Kuss, er testete, was sie mochte. Ein tiefes Stöhnen entwich ihr und sie bohrte ihre Fingernägel in seine Brust, als er an ihrer Zunge saugte und an ihrer Unterlippe knabberte.

Fünf Minuten später zog Cooper sich zurück und sah sie an. Er legte eine Hand auf ihre Stirn und strich sanft über ihr blondes Haar. »Willst du heute Abend wirklich mitkommen?«

Kiera nickte.

»Dann hole ich dich um zwanzig nach fünf ab.«

Sie nickte erneut.

»Das bedeutet mir sehr viel, Kiera.«

»Was?«

»Dass du an meiner Welt Anteil haben willst, dass du nicht nur mit mir zusammen sein willst, weil ich einen guten Körper habe oder weil ich gut mit den Kindern in deiner Klasse umgehen kann.«

»Cooper, selbst wenn du zu einem Schachturnier gehen würdest, wäre mir das egal ... ich möchte dabei sein, um dich zu unterstützen, weil du es gern machst. Und auch wenn ich nicht leugnen kann, dass ich es kaum erwarten kann, heute Abend deinen Körper zu sehen, ist das nicht der Grund, warum ich bei dir sein will.«

»Warum dann?«, fragte er.

Kiera konnte die Unsicherheit in dem Mann vor ihr sehen und es machte ihn für sie umso realer. »Ich habe mich noch nie zu jemandem so hingezogen gefühlt wie zu dir. Du bist ein guter Mensch. Als du das erste Mal diese Schule betreten hast, konnte ich sehen, wie unwohl du dich gefühlt hast, aber das hat dich nicht davon abgehalten, ins kalte Wasser zu springen. Du hast keine Angst zuzugeben, wenn du etwas nicht verstehst, und bisher hast du dich nicht entmutigen lassen, auch wenn es schwierig ist, eine neue Sprache zu lernen. Du siehst mich, nicht nur die Lehrerin oder Julies Freundin, sondern mich. Ich habe keine Angst davor, in deiner Nähe ich selbst zu sein, und obwohl ich eine Todesangst davor habe, dass du dich fragen wirst, was zum Teufel du mit einer fast vierzigjährigen Frau machst, wenn du zum ersten Mal einen Blick auf meinen nackten Körper wirfst, kann ich es kaum erwarten, mit dir zu schlafen.«

»Verdammt«, hauchte Cooper.

»Du hast gefragt«, sagte Kiera mit einem Lächeln.

»Das habe ich. Und fürs Protokoll, das Gefühl beruht definitiv auf Gegenseitigkeit. Du siehst nicht nur den SEAL, wenn du mich ansiehst, zumindest glaube ich das. Du siehst mich. Ich verstehe also gut, was du sagst. Und keine Sorge, Kiera ...« Cooper legte seine Hände auf ihren Hintern und zog sie hoch, bis sie auf den Zehenspitzen stand. Ihre Körper waren fest aneinandergepresst und Kiera konnte jeden Zentimeter seines harten Schwanzes spüren. Sie rekelte sich in seinem Griff und versuchte, ihm noch näher zu kommen ... ohne Erfolg.

»Ich werde jeden Zentimeter deines Körpers lieben. Daran besteht kein Zweifel.« Er beugte sich vor und gab ihr einen weiteren intimen Kuss, bevor er sich zurückzog und ein paar Zentimeter Abstand zwischen ihre Körper brachte.

»Zieh heute Abend etwas Bequemes an. Jeans, Bluse, Flipflops ... nachdem wir den SEALs in den Arsch getreten haben, werde ich schnell duschen und dann können wir in einem legeren Restaurant essen gehen. Sind Burger in Ordnung?«

»Auf jeden Fall.«

Er konnte sich nicht helfen und beugte sich vor, um Kiera noch einmal zu küssen. Dann trat er zurück und nahm die Hände herunter. »Bis heute Abend dann.«

Kiera nickte und hob dann zum Abschied ihr Kinn.

Er verzog das Gesicht und sagte: »Tut mir leid,

Liebling, aber das ist uns Männern vorbehalten.«
Dann zwinkerte er ihr zu und verschwand.

Kiera saß an ihrem Schreibtisch, aß zu Mittag und dachte an Cooper. Sie kannte diesen Mann, seit er vor ein paar Wochen angefangen hatte, in der Schule auszuhelfen. Aber während der letzten vierundzwanzig Stunden hatte er sich nicht nur zu einem Mann entwickelt, den sie gern besser kennenlernen wollte, sondern zu einem, ohne den sie nicht mehr leben konnte.

Mit einem breiten Lächeln auf dem Gesicht beendete sie ihr Mittagessen und überlegte, was sie an diesem Abend anziehen würde. Ja, Cooper und seine Freunde halb nackt im Sand herumtollen zu sehen würde ihr sicherlich nichts ausmachen. Ganz und gar nicht.

KAPITEL FÜNF

Kiera saß auf einer Düne im Sand und schaute auf einen Strandabschnitt von Coronado. Cooper hatte sie um genau zwanzig nach fünf abgeholt ... aber sie waren trotzdem zehn Minuten zu spät gekommen. Sie hatte ihm die Tür in Röhrenjeans, Flipflops und einem dunkelblauen T-Shirt mit U-Ausschnitt geöffnet, auf dem ein Soldat abgebildet war, der mit angelegtem Gewehr in einer Pfütze lag. Darüber stand der Schriftzug *Stay Low, Go Fast. Kill First, Die Last. One Shot, One Kill. No Luck, All Skill.* Ihr blondes Haar hatte sie nicht wie sonst in der Schule zu einem braven Zopf gebunden, sondern es hing locker über ihre Schultern. In dem Moment, in dem er sie so gesehen hatte, hatte er sie gegen die Haustür gedrückt und war über sie hergefallen.

Erst als das Handy in seiner Tasche vibriert und ein Mann namens Cutter ihn daran erinnert hatte, nicht zu spät zu kommen, hatte er wieder von ihr abgelassen. Er hatte seine Augen geschlossen, seine Stirn gegen ihre gelehnt und mit leiser, kontrollierter Stimme gesagt: »Du wirst mich noch umbringen.«

Kiera hatte nur geantwortet: »Was für eine schöne Art und Weise zu sterben.«

Jetzt saß sie mit vier anderen Frauen auf einer Düne und sah zu, wie ihre Männer vor der Brandung gegeneinander antraten.

»Daran werde ich mich niemals sattsehen können«, sagte Julie mit einem Seufzer.

Eine der anderen Frauen, die als Caroline vorgestellt worden war, stimmte zu: »Das ist wahr! Als Wolf mir erzählt hat, dass er Tex und zwei andere ehemalige SEALs zu einem Wettkampf herausgefordert hat, wollte ich das auf keinen Fall verpassen.«

»Ich bin nur froh, dass Fiona so kurzfristig auf unsere Kinder aufpassen konnte«, sagte eine andere der Navy-Frauen namens Jessyka.

»Hat jemand Popcorn mitgebracht?«, fragte nun die letzte der Frauen, die Cheyenne hieß.

Kiera hatte die anderen Frauen sofort gemocht. Sie hatte sich auf Anhieb wohl und kein bisschen unbehaglich in ihrer Gegenwart gefühlt, wie es normalerweise der Fall war, wenn sie neue Leute kennenlernte. Julie hatte die drei Frauen in der Vergangenheit erwähnt, aber es war das erste Mal, dass sie Zeit mit ihnen verbrachte.

»Wisst ihr was? Tex ist heiß!«, merkte Cheyenne an.

Jessyka verdrehte die Augen. »Du erinnerst dich aber noch daran, dass du eine verheiratete Frau bist, oder?«, fragte ihre Freundin sie.

»Natürlich, Faulkner lässt mich das nicht vergessen. Nicht dass ich das überhaupt wollen würde. Aber es ist ja nicht verboten zu gucken. Ich kann mich nicht erinnern, jemals zuvor so viel von Tex gesehen zu haben.«

Kiera stimmte voll und ganz zu. Sie wusste, dass die anderen SEALs Tex kannten, war sich aber nicht ganz sicher, auf welche Art sie miteinander verbunden waren. Es war auch nicht wichtig. Das Spektakel, dem sie beiwohnen durften, war definitiv zu sehenswert, um sich im Moment den Kopf über andere Dinge zu zerbrechen. Die Männer hatten ihre T-Shirts ausgezogen und rangen gerade miteinander ... sie war sich nicht sicher, was genau sie da taten, aber es war ihr auch egal.

»Ich schwöre bei Gott, jedes Mal wenn ich Cutter

sehe, bete ich, dass Benny in etwa zehn Jahren genauso aussehen wird«, murmelte Jessyka und stützte den Kopf auf ihre Hand, während sie auf die Männer hinuntersah. »Er sieht einfach so ... männlich aus.«

»Männlich?«, lachte Julie. »Als wären die anderen Männer das nicht?«

»Du weißt, was ich meine. Er sieht herausragend aus. Graues Haar und grauer Bart, seine breiten Schultern ... sogar das leichte Grau in seinem Brusthaar ist verdammt heiß.«

»Ist er mit jemandem zusammen?«, fragte Julie. »Patrick erzählt mir immer, wie großartig er als Verwaltungsassistent ist, aber er erzählt mir niemals etwas über das Liebesleben der anderen.«

Caroline zuckte die Achseln. »Ich glaube nicht, aber Wolf ist genauso verschwiegen. Im Büro werden sie wahrscheinlich wie alte Waschweiber miteinander tratschen, aber mir sagt er nur, dass ihr Männercode es nicht erlauben würde, mit Außenstehenden über Details zu reden. Manchmal wünschte ich mir, unsere Männer wären ein bisschen weniger ehrenwert.«

Alle lachten, aber Kiera holte vor Schreck tief Luft, als ein Fuß auf Coopers Gesicht zuschoss.

»Entspann dich«, beruhigte Cheyenne sie und

legte ihre Hand auf Kieras Arm. »Dein Mann hat das im Griff.«

Und das hatte er. Sobald er den Fuß gesehen hatte, hatte Cooper ihn genommen und nach oben gerissen, und der andere SEAL war mit dem Rücken im Sand gelandet. Die Männer lachten und versuchten weiter, sich gegenseitig zu verprügeln. Zumindest sah es für sie so aus.

»Kann mir jemand sagen, wer gewinnt?«, fragte Cheyenne.

»Ist das wichtig?«, fragte Jessyka.

Cheyenne lachte. »Ich glaube nicht. Ich bin mir sicher, dass ich heute Abend von dem Testosteronüberschuss profitieren werde.«

Kiera und die anderen Frauen kicherten. Sie würde gern etwas von Coopers Hormonüberschuss abbekommen. Der Gedanke erregte sie. Genau wie jede andere Frau wünschte sie sich einen romantischen Mann, aber der Gedanke daran, wie Cooper über sie herfallen und sich nehmen würde, was er wollte, wie er wollte und so hart er wollte, machte sie an.

Sie sahen weiter zu, wie die Männer sich gegenseitig zeigten, wozu sie fähig waren. Genau wie Cheyenne konnte Kiera nicht ausmachen, wer gewann oder um was es bei dem Wettkampf überhaupt ging, aber die Bewegungen der Männer zu sehen war wie Poesie. Sie waren alle verdammt gut gebaut und sahen extrem gut aus. Die drei SEALs im Ruhestand hatten offensichtlich kein Problem, mit den aktiven Männern mitzuhalten. Sogar Tex mit seiner Beinprothese war die körperliche Anstrengung kaum anzusehen.

Nach ungefähr einer Stunde und einem letzten Sprung ins Meer, um den Sand abzuspülen, schüttelten sich die Männer gegenseitig die Hände. Fünf Männer kamen die Düne hinauf zu ihren Frauen, während die anderen sich mit einem Nicken verabschiedeten und zum Parkplatz oder zurück ins Büro gingen.

Kiera musste grinsen, als die Männer einer nach dem anderen ihr Kinn hoben. Es erinnerte sie an den kleinen Frankie und wie großartig Cooper mit ihm umgegangen war. Sie fing seinen Blick auf, als er den leichten Anstieg zu ihr hinaufkam.

Er ging direkt auf sie zu, nahm ihren Kopf zwischen seine Hände und küsste sie. Es war ihr nicht einmal unangenehm, dass er seinen Anspruch so öffentlich zur Schau stellte.

»Hey«, sagte sie, als er sich schließlich zurückzog.

Cooper schüttelte den Kopf und zeigte auf sein

Ohr, was heißen sollte, dass er sein Hörgerät nicht trug.

Kiera hatte nicht gesehen, dass er es herausgenommen hatte, aber es machte Sinn. Der Sand wäre wahrscheinlich nicht förderlich gewesen, ganz zu schweigen vom Meerwasser. Sie wusste nicht genau, wie er sich fühlen würde, vor seinen Freunden die Gebärdensprache zu benutzen, und zögerte. Aber das wäre nicht nötig gewesen. Als hätte er ihre Gedanken gelesen, gebärdete er: »Glaubst du, ich würde Frankie das alles erzählen, wenn es mir peinlich wäre, mich in Gegenwart meiner Freunde so zu unterhalten?«

Kiera lächelte und erwiderte schnell: »Nein, aber ich wollte meine Chance nicht gefährden, später noch von dir verführt zu werden.«

Cooper lachte und grinste über beide Ohren.

»Das ist nicht fair, Mann«, beschwerte sich Wolf. »Sagst du uns auch, was so witzig ist?«

Kiera sah zu Cooper, der immer noch Wolf beobachtete. Sie gebärdete schnell: »Wolf will wissen, was so lustig ist.«

»Nichts, was du wissen musst«, sagte Cooper laut zu seinem Freund und grinste immer noch. »Weißt du, ich habe nie wirklich viel über die Zeichen nachgedacht, die wir im Team verwendet haben, aber es ist erstaunlich, wie ähnlich einige der Gebärdensprache sind.«

Kiera war beeindruckt, dass er kein Problem damit hatte, auch ohne sein Hörgerät mit seinen Freunden zu sprechen, ohne ihre Antworten hören zu können.

Sie hörte kaum noch, wie die anderen Männer zustimmten und murmelten, dass sie eine Dusche bräuchten. Sie hatte nur Augen für Cooper. Mit jeder Minute, die sie in seiner Nähe verbrachte, fühlte sie sich mehr zu ihm hingezogen. Während all der Wochen, in denen sie ihn in der Schule immer besser kennengelernt hatte, hatten sich ihre Gefühle von Respekt und Bewunderung zu Lust und Sehnsucht verändert. Sie konnte noch nicht sagen, dass sie ihn liebte, aber sie wusste, dass es nicht mehr lange dauern würde. Nicht wenn er sie weiterhin auf so großartige Weise umhauen würde.

»Ich brauche eine Dusche«, sagte er.

»Ja, das ist wahr«, erwiderte sie.

Er verzog das Gesicht. »Du brauchst nicht schüchtern zu sein. Du kannst mir sagen, was du denkst.«

»Das werde ich. Ich hoffe, das ist kein Problem.«

»Nein, ich mag das. Komm schon, lass mich

duschen, dann kann ich mein Ohr wieder einschalten und wir können gehen.«

Ihr gefiel die lockere und selbstbewusste Art, wie er das formuliert hatte ... sein Ohr wieder einschalten. Das war perfekt.

»Wie lange kennst du Cooper schon?«, fragte Cheyenne, als die Gruppe von der Düne zum Bürogebäude mit den Duschen ging.

»Ungefähr zwei Monate, glaube ich«, sagte Kiera zu ihr. Sie wandte sich an Cooper, unterhielt sich kurz mit ihm in Gebärdensprache und ließ sich das Datum bestätigen, bevor sie sich wieder an Cheyenne wandte. »Ja, zwei Monate.«

»Es ist wirklich cool, wie du so mit ihm reden kannst«, sagte Julie leise.

Kiera zuckte die Achseln. »Gebärdensprache ist eine normale Sprache, genau wie Spanisch, Deutsch oder jede andere Sprache. Ich glaube, viele Leute sehen gehörlose Menschen als behindert an, obwohl sie in Wirklichkeit nur zweisprachig sind.«

»Da ist etwas Wahres dran«, sagte Jessyka mit Ehrfurcht in der Stimme. »So habe ich das noch nie gesehen.«

»Ich werde sehen, ob wir für die SEALs unter meinem Kommando eine Schulung anbieten können, um sie in Gebärdensprache zu unterrichten. Ich weiß, dass die meisten Teams ihre eigene Zeichensprache haben, aber ich glaube, es wäre von Vorteil, wenn wir alle die gleichen Zeichen kennen«, informierte Patrick die Gruppe.

»Ich bin dabei«, sagte Wolf sofort.

»Ich auch«, stimmte der große Mann neben Cheyenne zu.

»Ich bin mir sicher, dass alle Männer in unserem Team dazu bereit sein werden«, stimmte Jessykas Ehemann zu.

»Es könnte eine Weile dauern, also bleibt ruhig«, warnte der Kommandant. »Ich muss erst einen geeigneten Lehrer finden. Es ist nicht so, dass ich einfach jemanden von der Straße holen kann ... nichts für ungut, Kiera.«

Sie winkte seine Besorgnis ab. »Nein, ich verstehe schon. Was ihr tut, ist streng geheim, und obwohl es nur um Worte geht, müsst ihr jemanden finden, der etwas davon versteht und sich mit den Situationen auskennt, in die ihr geraten könnt, damit er die passenden Zeichen unterrichten kann. Es ist nicht wirklich nötig, Dinge wie Apfel oder Spargel zu lernen.«

Cooper klopfte ihr auf die Schulter und fragte in Gebärdensprache: »Was sagt er?«

Kiera erzählte ihm schnell, worüber gesprochen

wurde. Cooper antwortete nicht, aber bekam einen nachdenklichen Gesichtsausdruck. Sie hob die Hände, um ihn zu fragen, worüber er nachdachte, wurde aber von Cheyennes Kreischen unterbrochen.

»Faulkner! Lass mich runter!«

Ihr Ehemann hatte sie sich über die Schulter gelegt und ging mit ihr auf den Parkplatz zu.

»Bis morgen, Dude!«, rief Wolf lachend.

Kiera konnte hören, wie Cheyenne weiter kicherte, als sie halbherzig versuchte, sich aus dem Griff ihres Mannes zu befreien. Sie konnte nicht hören, was der SEAL zu seiner Frau sagte, aber bei seinen Worten hörte Cheyenne auf, sich zu wehren, und sank in seine Arme.

Kiera sah, wie Cheyenne eine Hand an sein Gesicht legte und ihn anlächelte, bevor sie zu weit weg waren, um noch Einzelheiten erkennen zu können. Sie erinnerte sich an den Kommentar der anderen Frau, später vom Testosteronüberschuss ihres Mannes profitieren zu wollen, und der Gedanke erregte sie erneut.

Sie kamen am Bürogebäude an und Kiera fühlte eine Hand an ihrem Gesicht. Sie drehte sich zu Cooper um. »Gibst du mir zwanzig Minuten zum Duschen?«, fragte er leise.

Sie nickte und er küsste sie kurz auf die Lippen, bevor er mit den anderen Männern in dem Gebäude verschwand.

»Ich werde die Kinder abholen und treffe mich dann mit Kason zu Hause«, sagte Jessyka. »Es war schön, dich kennenzulernen, Kiera. Hoffentlich sehen wir uns bald wieder.«

»Gleichfalls, bis dann«, antwortete Kiera.

Sie setzte sich neben Julie auf eine Bank, um auf Cooper zu warten.

»Also ... du und Coop, ist das jetzt offiziell?«, fragte Julie mit einem Lächeln.

Kiera lächelte nur. »Sieht so aus.«

»Toll«, hauchte ihre Freundin und stupste sie mit der Schulter an.

»Ich muss sagen, es sieht aus, als ginge es ihm wirklich gut«, merkte Caroline an. »Ich meine, wir sind nicht sehr eng befreundet, aber Wolf hat mir gesagt, dass er es schwer hatte seit seiner Verletzung. Er wollte mit niemandem zusammen sein und ist nirgends ohne sein Hörgerät hingegangen. Ich bin froh, ihn ein bisschen lockerer zu sehen.«

Kiera nickte. »Ja, ich habe die gleiche Veränderung bemerkt. Als er anfing, in der Schule auszuhelfen, hat er nicht viel geredet und blieb lieber für sich. Aber je länger er den Kindern hilft, desto mehr scheint ihm klar zu werden, dass seine Taubheit nicht das Ende der Welt bedeutet.«

»Ich habe gesehen, wie du ihn von meiner Party weggeschleppt hast«, sagte Julie. »Glaubst du, das hat etwas mit seiner veränderten Einstellung zu tun?«

»Nein, ich habe nichts damit zu tun«, protestierte Kiera.

»Ich glaube, da liegst du falsch«, konterte Julie. »Ich meine nicht, dass du falsch damit liegst, dass ihm die Arbeit in der Schule mit den Kindern geholfen hat. Patrick hätte es nicht vorgeschlagen, wenn er nicht überzeugt gewesen wäre, dass es ihm helfen würde. Aber diese Männer ... sie sind viel sensibler, als es nach außen den Eindruck macht. Sie können damit umgehen, angeschossen zu werden, kein Problem, sie schlucken es runter und freuen sich auf den nächsten Einsatz. Aber eine Verletzung, nach der sie nicht mehr das tun können, womit sie den größten Teil ihres Berufslebens verbracht haben? Das trifft sie härter als zivile Männer. Vor allem, wenn sie alleinstehend sind. Sie denken, dass sie nicht mehr gut genug sind, dass niemand sie jemals so lieben wird, wie sie sind. Diese Gefühle spitzen sich zu, bis sie glauben, dass jeder ihre Behinderung sehen kann, sei es eine Narbe, ein Hinken oder Hörverlust.«

Die Frauen schwiegen für einen Moment, dann fuhr Julie fort, nachdem sie nervös gelacht hatte: »Ich bin keine Expertin, aber ich habe darüber gelesen und Patricks Männer beobachtet. Ich sage dir, dass ich einen Unterschied zwischen dem Cooper von vor einer Woche und dem Mann sehen kann, der heute Abend mit seinen Freunden am Strand gekämpft hat. Ich denke, du bist der Grund, warum er mit seinem Hörverlust plötzlich besser umgehen kann, Kiera.«

Kiera wusste, dass sie rot wurde, und zuckte mit den Achseln. »Ich möchte nicht seine Heldin sein.«

»Anscheinend bist du es aber«, sagte Caroline ruhig. Dann lächelte sie. »Willkommen in der seltsamen und verrückten Welt der Navy SEAL-Frauen. Im Ruhestand oder nicht, dein Mann ist ein SEAL durch und durch.«

Kiera lächelte. »Bekomme ich jetzt eine Anstecknadel dafür, dass ich zum Klub gehöre?«

»Eine Anstecknadel wofür?«, fragte Cooper, als er aus der Tür kam.

Kiera stand von ihrem Platz auf und drehte sich zu ihm um. Er sah gut aus, wirklich gut. Sein Haar war noch feucht vom Duschen und sie konnte das

Duschbad auf seiner Haut riechen. Sie schüttelte den Kopf. »Nichts, nur Frauengespräche.«

»Du lieber Gott, jetzt stecke ich in Schwierigkeiten«, neckte er. »Frauengespräche mit Caroline und Julie, das kann nichts Gutes bedeuten.«

»Ach, halt die Klappe«, sagte Julie.

»Ja, nimm dich lieber in Acht«, stimmte Caroline zu.

Ihre Männer kamen ebenfalls durch die Tür und Wolf fragte: »In Acht nehmen wovor?«

Kiera schüttelte den Kopf. Die Jungs waren wirklich lustig.

»Schon gut. Bereit zum Gehen?«, fragte Caroline ihren Mann.

»Wenn du so weit bist«, antwortete Wolf.

»Babe, macht es dir etwas aus, auf dem Heimweg beim Krankenhaus anzuhalten? Ich würde gern einen Matrosen besuchen, der gerade von einer Mission zurück ist«, sagte Patrick, nachdem er Julie zärtlich auf die Schläfe geküsst hatte.

»Natürlich nicht«, sagte Julie. »Ein SEAL?«

»Nein, nur ein normaler Matrose. Anscheinend wurde er auf dem Flugzeugträger, auf dem er stationiert war, krank und ihm wurde an Bord der Blinddarm herausgenommen. Es gab allerdings Komplikationen und schließlich wurde er nach

Hause geflogen. Er könnte ein wenig Aufmunterung gebrauchen, bis seine Familie eintrifft.«

»Worauf warten wir dann noch?«, fragte Julie und zog Patrick am Arm. »Lass uns gehen. Bis später, Kiera« rief sie, während sie ihren Mann zum Parkplatz zog.

»Endlich allein«, sagte Cooper, nachdem die beiden anderen Paare außer Sichtweite waren.

»Hast du dein Ohr wieder eingeschaltet?«, fragte Kiera.

Cooper nickte. »Jawohl, wobei ich mir nicht sicher bin, ob ich bereit für ein überfülltes Restaurant bin. Was hältst du davon, wenn wir etwas zum Mitnehmen bestellen?«

»Das würde mir gefallen«, stimmte Kiera zu. »Ich würde viel lieber mit dir in Ruhe bei einem von uns zu Hause abhängen, als dass wir uns über einen scheußlichen, verkeimten Tisch im Restaurant anbrüllen.«

Cooper lachte. »Ich auch, obwohl ich Restauranttische bisher nicht als scheußlich und verkeimt betrachtet habe. Vielen Dank auch!«

»Oh, glaub mir, das sind sie. Meistens wird zwischen den Gästen nicht einmal abgewischt. Es sind Brutstätten für böse Parasiten, die nur darauf warten, das Verdauungssystem ihres nächsten Opfers zu attackieren.«

Er beugte sich vor und küsste Kiera auf den Kopf. »Ich liebe die Art, in der du denkst.«

Sie sah ihn verwirrt an. »Du liebst es, dass ich darüber nachdenke, wie verkeimt und ekelhaft Tische in Restaurants sind?«

»Nein, ich liebe es, dass ich keine Ahnung habe, was als Nächstes aus deinem Mund kommen wird. Ich liebe es zu wissen, dass ich lachen werde, wenn ich in deiner Nähe bin und Zeit mit dir verbringe. Ich liebe es, dass du sagst, was du denkst. Ich liebe es, dir dabei zuzusehen, wie du dich mit deinen Schülern in Gebärdensprache unterhältst, und dass du sie genauso leicht zum Lachen bringen kannst wie mich.«

Kiera starrte Cooper an und wusste nicht, wie sie reagieren sollte. Er war vielleicht zehn Jahre jünger als sie, aber er war reifer als alle Männer, mit denen sie bisher ausgegangen war. Jedes Wort aus seinem Mund war aufrichtig und verstärkte ihre Zuneigung zu ihm.

»Komm schon«, sagte er und sah offensichtlich, wie nervös sie war. »Wir holen uns etwas zu essen und dann entspannen wir uns. Ich hatte eigentlich nicht vorgehabt, unsere erste Verabredung damit zu beginnen, dich zu Gunsten meiner SEAL-Brüder zu ignorieren.«

»Aber dafür habe ich dich fast nackt gesehen«, platzte es aus Kiera heraus. »Ich würde sagen, das war ein guter Anfang.«

Cooper lachte und strich ihr dann mit der Hand zärtlich eine Haarsträhne aus dem Gesicht. »Siehst du? Du bist lustig. Komm schon, ich bin am Verhungern.«

Kiera schmiegte sich an Coopers Seite, als er einen Arm um ihre Schultern legte und sie an sich zog, anstatt nur ihre Hand zu nehmen. Sie legte ihren Arm um seine Taille und so gingen sie gemeinsam zum Parkplatz.

KAPITEL SECHS

Einige Stunden später saß Cooper entspannt und zufrieden auf Kieras hellbrauner Wildledercouch. Kiera lehnte sich auf die Armlehne, hatte ihre Beine auf seinen Schoß gelegt und nippte schon an einem Glas Wein, seit sie das Abendessen beendet hatten.

Im Fernsehen lief *The Green Mile*, natürlich mit Untertiteln, aber keiner von ihnen sah wirklich hin. Der Abend hatte damit begonnen, dass sie an entgegengesetzten Enden des Sofas saßen, aber als sie über Fußschmerzen geklagt hatte, hatte er angeboten, ihr eine Fußmassage zu geben.

Nach einer Weile hatte er sie gefragt, ob es ihr etwas ausmachen würde, in Gebärdensprache mit ihm zu reden, damit er etwas Übung bekam. Sie hatte zugestimmt und seitdem hatten sie ununterbrochen geredet.

»Wie war es für dich, mit einem Elternteil aufzuwachsen, das nicht hören kann?«, fragte Cooper.

Kiera zuckte die Achseln. »Wie bei jedem anderen Kind, denke ich. Da ich es nicht vergleichen kann, kann ich es nicht wirklich sagen.«

»Wurdest du gehänselt?«

»Nicht wirklich«, sagte Kiera, nahm einen Schluck aus ihrem Weinglas und stellte es wieder auf den Tisch neben der Couch, damit sie die Hände wieder für ihre Unterhaltung frei hatte. »Wenn ich in der Schule war, habe ich die Gebärdensprache nicht benutzt. Zu Hause habe ich gleichzeitig gesprochen und gebärdet, genau wie jetzt.« Sie zuckte die Schultern. »Ich habe nie wirklich viel darüber nachgedacht. Gebärdensprache ist für mich so selbstverständlich wie für jemanden, der zweisprachig aufwächst und zu Hause beispielsweise Spanisch und Englisch spricht.«

»Ich finde dich großartig«, sagte Cooper und drückte ihr Bein. »Ich finde es unglaublich schwierig, meine Hände mit dem zu koordinieren, was ich höre.«

»Hab Geduld, Cooper. Du machst das noch nicht sehr lange. Es braucht etwas Übung, genau wie ein

SEAL zu sein. Die Dinge, die du als SEAL gemacht hast, hast du auch nicht über Nacht gelernt.«

Er nickte. »Ich weiß, dass du recht hast, aber ich war noch nie ein geduldiger Mensch.«

Bei dem Ausdruck des Verlangens in ihren Augen musste er schwer schlucken, genau wie bei ihrem subtilen Herumrutschen auf der Couch. Er wollte sie – jetzt. Er wollte sie nackt auf ihren Knien vor ihm sehen, wie sie ihn aussaugte. Er wollte, dass sie feucht und bereit für ihn auf der Couch lag. Zur Hölle, er wollte sie, egal wie, gegen die Wand gelehnt, auf dem Küchentisch, in der Dusche, in ihrem Bett, ganz egal. Die Fantasien in seinem Kopf nahmen überhand und er wurde sofort hart, was Kiera nicht entging.

Sie bewegte ihre Beine, bis sie seine Erektion berührte und beide tief Luft holen. Sie zeigte, wie erwachsen sie war, was Cooper höllisch erregend fand, indem sie sagte: »Geduld ist überbewertet.«

Er grinste und rutschte herum, bis er über ihr war. Sie ließ sich zurückfallen, packte mit ihren Händen seinen Bizeps und lächelte ihn an. »Du bist wunderschön«, hauchte er, als er auf sie herabblickte.

Ihre Brustwarzen hatten sich unter ihrem T-Shirt aufgerichtet. Er konnte die Hitze ihres Körpers auf seinen Oberschenkeln spüren, als er sich auf sie setzte und sie ihn mit ihren blauen Augen anfunkelte.

Als sie nichts erwiderte, sprach er aus, woran er dachte: »Ich möchte nichts überstürzen, aber ich denke, es ist offensichtlich, dass ich dich will.« Für einen Moment legte Cooper sich mit vollem Gewicht auf sie, damit sie fühlen konnte, wie hart er war, bevor er sich wieder auf seine Arme stützte.

Sie drückte ihre Hüften nach oben und versuchte, ihm zu folgen, aber entspannte sich wieder, als er ihr offensichtlich nicht den erwünschten Gegendruck geben wollte.

»Cooper«, beschwerte sie sich, aber er gab ihr keine Chance zu betteln. Er konnte nicht. Wenn er das zuließe, würde er wahrscheinlich nachgeben.

»Ich will dich schon seit zwei Monaten und ich werde dich nicht innerhalb der ersten vierundzwanzig Stunden anspringen, in denen du mein Interesse erwiderst. Ich war ein Navy SEAL, verdammt, ich kann mich mehr beherrschen als das.«

»Du solltest wissen, dass ich dich genauso will«, sagte Kiera atemlos und starrte ihn an, als wäre er ihr fleischgewordener Traum.

»Ich habe gehofft, dass du das tust. Danke, dass

du es bestätigt hast, Liebling. Aber ich will es trotzdem nicht überstürzen. Ich will jeden Schritt unserer Reise genießen.«

»Welche Reise?«

»Dich zu der Meinen zu machen. Ich möchte nicht irgendwelche stereotypischen Verhaltensweisen an den Tag legen, die du vielleicht von jüngeren Männern in einer Beziehung erwartest. Ja, ich will dich. Ich will dich auf jede erdenkliche Weise, in der ich dich bekommen kann. Ich kann es kaum erwarten, dich zu lieben, aber Sex ist nicht der Grund, warum ich mit dir zusammen sein will. Ich bewundere dich mehr, als ich in Worte fassen kann. Wie du mit den Kindern in deiner Klasse arbeitest, die Art, wie du Interesse zeigst und dich wirklich um sie kümmerst. Du möchtest vielleicht keine eigenen Kinder, aber ich kann sehen, wie viel sie dir bedeuten. Ich möchte alles über dich erfahren, bevor ich herausfinde, wie dein Körper während eines Orgasmus zittert. Ich möchte wissen, wie du aufwachst, bevor ich koste, wie du schmeckst, nachdem du gekommen bist. Ich möchte wissen, was dich glücklich und traurig macht, bevor ich herausfinde, wie sich dein heißer, feuchter Körper auf meinem Schwanz anfühlt, während du unter mir explodierst. Liebling, das Fazit ist, dass ich erst die Frau kennenlernen möchte, bevor ich deine Jeans herunterziehe und mein Gesicht zwischen deinen Beinen vergrabe. Darf ich dir ein Geheimnis verraten?«

Kiera schluckte schwer, bevor sie sich über die Lippen leckte und leise sagte: »Wenn es mich noch mehr umhauen wird als das, was du gerade gesagt hast, bin ich mir nicht sicher, ob ich damit umgehen kann.«

Cooper beugte sich vor und küsste sie auf die Stirn, bevor er sich aufrichtete. »Doch, das kannst du. Mir ist klar geworden, dass du mit fast allem umgehen kannst. Schon an dem Tag unserer ersten Begegnung ist mir klar geworden, dass du meine Belohnung bist.«

»Was? Ich verstehe nicht.«

»Ich habe mein Leben lang von einem Tag zum nächsten gelebt. Ich habe niemals wirklich an die Zukunft gedacht. Ich dachte, dafür hätte ich noch mein ganzes Leben lang Zeit. Dann, nach meiner Verletzung, habe ich gezweifelt. Ich wollte meine Wohnung nicht mehr verlassen und niemanden sehen, weil es mir peinlich war, die Leute bitten zu müssen, sich zu wiederholen, bis ich verstanden hätte, was sie sagten. Ich war verbittert, dass ich so viel für mein Land gegeben hatte, mir aber nicht viel davon geblieben war. Dann habe ich dich getroffen und es verstanden. Du bist meine Belohnung. Meine Belohnung für alles, was ich getan habe. Alles, was ich geopfert habe. Du bist der Sinn, den das Universum mir gegeben hat, der Grund, warum ich diese Explosion überlebt habe.«

»Oh mein Gott«, flüsterte Kiera kopfschüttelnd. »Cooper, nein, das ist nicht ...«

»Ich habe dir das nicht gesagt, damit du ausflippst.«

»Das ist aber verdammt schiefgegangen«, entgegnete sie trocken, blinzelte ihn wütend an und versuchte, die Tränen zurückzuhalten, die ihr in die Augen stiegen.

»Du bist alles, was ich jemals von einer Frau wollte. Du bist selbstbewusst, erfolgreich, intelligent. Du *brauchst* mich nicht, aber ich hoffe, du *willst* mich.«

»Das tue ich«, sagte sie sofort.

»Ich will damit sagen, dass ich dich von dem Tag an wollte, an dem ich dich kennengelernt habe. Und jeder Tag, den ich in deiner Nähe verbracht habe, hat dieses Verlangen nur bestätigt. Ja, ich möchte mit dir schlafen. Ich will dich ficken. Aber ich möchte zuerst mit dir ausgehen und dich kennenlernen, und ich möchte, dass du mich kennenlernst. Ist das in Ordnung?«

»Ja«, antwortete Kiera sofort. »Gott, ja.« Sie bewegte sich unter ihm. »Aber heißt das, dass wir nicht ... ab und zu auch rummachen können, während wir uns kennenlernen?«

Er lachte. »Natürlich können wir rummachen. Aber glaube nicht, dass ich dabei vergessen werde, dass ich warten möchte, bevor ...« Er erhob sich auf seine Knie, formte mit den Fingern der einen Hand einen Kreis und ahmte mit dem Zeigefinger der anderen Hand eine rohe und unhöfliche Version des Liebesspiels nach.

Kiera lachte und griff nach seinen Händen. »Was du gerade gezeigt hast, ist das Zeichen für Analsex.«

Cooper ließ sofort seine Hände fallen. Großer Gott, Kiera zu sagen, dass er sie in den Arsch ficken wollte, war so ungefähr das Letzte, was er ihr bei ihrer ersten Verabredung zu verstehen geben wollte.

Aber anstatt beleidigt zu sein, lachte sie nur. »Wenn du jetzt dein Gesicht sehen könntest, Cooper. Es gibt viel schmutzigere Wörter, die ich dir beibringen kann, aber nur, wenn du versprichst, sie nicht Frankie oder sonst jemandem zu zeigen.«

Cooper wusste, dass er vor Entsetzen die Augenbrauen hochgezogen hatte. »Als würde ich das tun! Er ist erst sieben!«

»Ich mache nur Spaß. Ich weiß, dass du das nicht tun würdest.« Sie rümpfte die Nase, was er entzückend fand, und sagte dann: »Okay, dann werde ich dir zeigen, wie man ›ficken‹ in Gebärdensprache sagt. Mach mit beiden Händen das Zeichen für Frieden.« Sie demonstrierte es und hielt ihre Hände hoch.

Cooper ahmte sie nach und wartete mit einem Grinsen auf dem Gesicht. Wenn ihm gleich nach seiner Verletzung jemand gesagt hätte, dass er jetzt hier über der Frau knien würde, nach der er sich so sehnte, und sie ihm beibringen würde, wie man »ficken« in Gebärdensprache sagt, hätte er demjenigen wahrscheinlich in den Arsch getreten und ihm gesagt, er sollte aufhören, sich über ihn lustig zu machen.

»Dann drehst du eine Hand mit dem Handrücken zum Boden und die andere zur Decke. Jetzt schlägst du mit den Handballen gegeneinander ... es sieht aus, als würden zwei Hasen es miteinander treiben.«

Wieder machte sie es vor und Cooper konnte sich das dumme Grinsen auf seinem Gesicht nicht verkneifen. Er ahmte ihre Bewegungen nach und sie nickte ihm zu. »Das ist es.«

Ohne ein weiteres Wort beugte Cooper sich vor und küsste sie. Mit nichts anderem als seinen Lippen versuchte er, ihr zu zeigen, wie viel sie ihm bedeutete.

Kiera versuchte, ihn herunterzuziehen, sodass er auf ihr lag, aber er weigerte sich hartnäckig, sie mit seinem Körper zu berühren. Als sie schließlich merkte, dass er nicht nachgeben würde, fuhr sie mit ihren Fingernägeln leicht über seinen Bizeps, gab sich seinem Kuss hin und ließ ihn die Kontrolle übernehmen.

Cooper schloss die Augen und konzentrierte sich auf den Geschmack und das Gefühl von Kieras Mund. Er wusste nicht, wie ein Kuss ihn so sehr antörnen konnte, dass er fast zum Höhepunkt kam, aber er war noch nie in seinem Leben glücklicher gewesen.

Er zog sich zurück, sah auf sie hinunter und wartete darauf, dass sie die Augen öffnete. Als sie es tat, sagte er leise: »Es ist schon spät. Ich muss jetzt gehen.«

Kiera schmollte und fragte: »Jetzt schon?«

»Ich bin schon seit Stunden hier«, sagte Cooper.

»Jetzt schon?«, wiederholte Kiera mit einem Lächeln.

Er setzte sich hin und zog sie mit hoch. »Danke für einen wundervollen ersten gemeinsamen Abend, Liebling. Wollen wir morgen zusammen Mittag essen?«

»Ja.«

Ihre Antwort kam sofort und von Herzen. Obwohl er damit gerechnet hatte, dass sie zustimmen würde, war er trotzdem erleichtert. Er hatte sich oft genug mit Frauen verabredet, die dachten, sie müssten Spielchen spielen, wie zum Beispiel mindestens drei Tage mit der nächsten Verabredung zu warten, damit der Mann nicht dachte, sie wären leicht zu haben, oder sich womöglich langweilen würde, weil sie zu leichte Beute wären. Woher diese irrsinnigen Ideen kamen, würde er wohl nie erfahren.

»Ich werde dich anrufen und wir machen etwas aus, okay?«

»Hört sich gut an. Cooper?«

»Ja?«

»Danke.«

»Wofür?«

»Dafür, dass du ein guter Kerl bist und ich mich besonders bei dir fühle. Weil du es geschafft hast, alles zu überwinden, was nach deiner Verletzung in deinem Kopf vor sich ging, um der großartige Typ zu werden, der du heute bist. Dafür, dass du dich als SEAL nicht hast umbringen lassen, und dafür, dass du dich zu der ehrenamtlichen Arbeit an meiner Schule bereit erklärt hast.«

»Gern geschehen.« Es gab noch viel mehr, was er hätte sagen können, aber er dachte, eine einfache Antwort sagte alles.

Auf dem Heimweg konnte Cooper sich auch zehn Minuten später das Grinsen nicht verkneifen. Er bemerkte, dass er zum ersten Mal seit langer Zeit glücklich war. Er war geil, aber glücklich. Er wusste, dass er lange Wochen kalter Duschen und Selbstbefriedigung vor sich hatte, während er davon träumen würde, mit Kiera zusammen zu sein. Trotzdem grinste er. Das wäre es wert. *Sie* wäre es wert.

KAPITEL SIEBEN

»Wann kommst du das nächste Mal her?«, fragte Cooper Tex, als er in seinem Wagen vor der Gehörlosenschule in Riverton saß. Er hatte herausgefunden, dass er das Telefon ohne Echtzeittranskription benutzen konnte, wenn er sein Hörgerät voll aufdrehte. Manchmal war es einfacher, die Transkriptionsfunktion zu nutzen, aber wenn er mit seinen Freunden und natürlich Kiera telefonierte, zog er es vor, direkt mit ihnen zu sprechen, anstatt ihre Worte nur auf dem Bildschirm zu lesen.

Er und der ehemalige SEAL hatten sich bei seinem Besuch vor zwei Monaten gut verstanden und waren seitdem in Kontakt geblieben. Sie hatten sich ein paarmal lange darüber unterhalten, wie schwer es war, sich nach einem Leben als Mitglied einer Spezialeinheit an ein Leben als Zivilist zu gewöhnen. Tex hatte ihm einige gute Tipps gegeben, die Cooper dazu angeregt hatten, wirklich über sein Leben nachzudenken und sich endlich mit der Veränderung abzufinden.

Aber während des letzten Monats hatten sie nur telefoniert, um sich über Alltägliches zu unterhalten. Cooper mochte Tex wirklich und sie hatten sich bereits vorgenommen, sich bald wiederzusehen. Es war ein gutes Gefühl gewesen, dass Tex extra für ihn gekommen war. Er wusste, dass Tex mit Wolf und den anderen SEALs befreundet war, die unter Kommandant Hurts Kommando standen. Aber als er gehört hatte, dass Tex ausdrücklich mit ihm Zeit verbringen wollte, wusste Cooper, dass Tex ein echter Freund war und nicht nur tat, was Hurt ihm auftrug. Cooper hatte sich vorgenommen, ihm den Gefallen irgendwann zu erwidern und mit Kiera nach Virginia zu fliegen, um ihn, Melody und ihre Kinder zu treffen.

Er und Kiera hatten fast jeden Tag Zeit miteinander verbracht und er war nie zuvor glücklicher gewesen. Heute war Freitag und nach der Arbeit würde sie zu ihm kommen. Heute Abend würde es so weit sein.

Zwei Monate lang hatte er sie umworben. Er

hatte viel über sie gelernt, genau wie sie über ihn. Er hatte gelernt, dass er morgens warten musste, bis sie ihren Kaffee getrunken hatte, bevor er mit ihr über etwas Wichtiges sprechen konnte. Genau wie sie gelernt hatte, dass er eher ein Morgenmensch als eine Nachteule war.

Sie hatten ein paar Meinungsverschiedenheiten gehabt, die er nicht als Streitereien bezeichnen würde, aber es hatte dabei geholfen, den anderen besser kennenzulernen. Alles in allem war Cooper sich sicher, dass Kiera die Frau war, mit der er den Rest seines Lebens verbringen wollte, und er hoffte, dass sie genauso empfand.

Heute Abend wollte er mit ihr schlafen. Er wollte ihr zeigen, wie sehr er sie liebte. Er wusste, dass sie bereit dazu war. Die Art, wie sie sich an ihn geklammert und ihn angebettelt hatte, nicht aufzuhören, als sie rumgemacht hatten, und wie sie geschmollt hatte, sobald er sich zurückzog, hatte es ihm bewiesen. Es war nicht seine Absicht, sie zu foltern, aber als sie ihm letztes Wochenende genau das vorgeworfen hatte, wurde ihm klar, dass sein Grund, zu warten, schon lange hinfällig war. Er kannte sie genauso gut, wie sie ihn kannte. Es war an der Zeit, damit aufzuhören.

Tex' Stimme holte ihn aus seinen Tagträumen über Kiera zurück in die Gegenwart.

»Ich hatte vor, nächste Woche zu kommen ... wenn das in Ordnung ist.«

»Verdammt, ja, das ist mehr als in Ordnung. Kommen Melody und die Kinder mit?«

»Diesmal nicht«, sagte Tex mit einem Anflug von Missfallen in der Stimme. »Und weder sie noch die anderen Frauen sind erfreut darüber. Aber Akilah hat eine Veranstaltung in der Schule, die sie nicht verpassen will.«

»Ist es in Ordnung, wenn *du* sie verpasst?«, fragte Cooper.

»Ja, es ist eine Aufführung und Akilah spielt eine winzige Rolle. Ich habe sie mehrmals gesehen und mit ihr geübt. Außerdem wird es an zwei Wochenenden aufgeführt. Ich werde es mir heute Abend ansehen, aber Melody will bei jeder Aufführung dabei sein. Das halte ich aber nicht aus«, sagte Tex mit einem Lachen.

»Wie lange kannst du bleiben?«

»Nur ein paar Tage. Patrick hat gesagt, er wird für mich eine kurze Schulung mit Wolfs Team organisieren, damit die Reise steuerlich absetzbar ist und ich sie als Reisekosten über meine Sicherheitsfirma laufen lassen kann.«

»Großartig«, sagte Cooper zu ihm. »Ich bin froh, dass das so funktioniert.«

»Ich auch. Also, ich werde Mittwoch anreisen und bis Sonntag bleiben, passt das?«

»Natürlich. Willst du am Donnerstag mit in die Schule kommen und dort mit mir abhängen? Ich habe mit dem Schulleiter verabredet, den älteren Kindern eine Präsentation über die Navy und die SEALs zu zeigen.«

»Ich kann aber keine Gebärdensprache«, gab Tex zu.

»Kein Problem. Ich kann für dich übersetzen.«

»Dann ja, es klingt interessant.«

»Hast du schon eine Unterkunft?«

»Nein, das stand als Nächstes auf meiner Tagesordnung.«

»Du kannst bei mir übernachten«, sagte Cooper zu ihm. »Ich bin mir sicher, Wolf und die anderen hätten auch kein Problem, wenn du bei ihnen bleibst.«

»Danke für das Angebot, aber bist du dir sicher, dass ich dir nicht im Weg bin?«, fragte Tex.

»Ich bin überzeugt, dass ich bei Kiera bleiben kann, solange du da bist.«

»Läuft es gut zwischen euch?«

»Ja, ich habe noch nie zuvor jemanden wie sie

kennengelernt. Wenn ich nicht bei ihr bin, denke ich ununterbrochen daran, mit ihr zusammen zu sein. Und wenn ich es bin, kann ich mir nicht vorstellen, irgendwo anders zu sein.«

»Klingt wie bei Melody und mir. Ich freue mich für dich, Mann«, sagte Tex zu ihm.

»Vielen Dank. Wir sehen uns also am Mittwoch. Soll ich dich vom Flughafen abholen?«, fragte Cooper.

»Nein, Wolf wird mich abholen. Bis nächste Woche.«

»Bis dann.«

»Tschüss.«

Cooper legte auf und öffnete die Wagentür. Er verbrachte immer mehr Zeit in der Schule und ihm gefiel jede Minute davon. Er konnte dort nicht nur Kiera sehen, sondern auch Zeit mit Frankie und den anderen Kindern verbringen. Er wechselte zwischen den verschiedenen Klassen, aber er sorgte immer dafür, dass er auch in ihrer Klasse vorbeischaute, bevor der Tag zu Ende war.

Zu sehen, wie Frankies Augen jedes Mal aufleuchteten, war fast genauso gut, wie dieselbe Reaktion in Kieras Augen zu sehen – fast.

Cooper versuchte, nicht mehr über den bevorstehenden Abend nachzudenken, und zwang sich, eine aufkeimende Erektion zu unterdrücken. Mit einem Ständer in einem der Klassenräume aufzutauchen wäre äußerst unangemessen. Dafür könnte er auf Lebenszeit aus der Schule geschmissen werden ... und das aus gutem Grund. Er holte tief Luft und ging durch die Tür in die Schule. Er würde im Sekretariat anhalten, um sich anzumelden und herauszufinden, wo er sich nützlich machen könnte, bevor er bei Kiera vorbeischauen würde. Es würde ein großartiger Tag werden.

Kiera konnte kaum glauben, welchen Einfluss Cooper auf Frankies pädagogischen und emotionalen Fortschritt gehabt hatte. Seit dem Tag, an dem er zum ersten Mal in ihrer Klasse ausgeholfen hatte, war Frankie aufgeblüht und hatte sich zum beliebtesten Kind der Klasse entwickelt. Die anderen Kinder wollten jetzt neben ihm sitzen und konkurrierten förmlich darum, bei Aufgaben mit ihm zusammenzuarbeiten. Seit diesem Tag hatte er im Speisesaal nicht mehr alleine gesessen.

Er übertraf sich selbst bei allen Aspekten des Lehrplans und hatte sich in der Gebärdensprache hundertprozentig verbessert. Er hatte im Lesen zu den anderen Kindern in der Klasse aufgeschlossen und seine mathematischen Fähigkeiten, die zuvor bereits ziemlich gut gewesen waren, schienen nicht von dieser Welt zu sein. Am meisten gefiel Kiera an ihrem Beruf als Lehrerin, wenn sie sah, wie ihre Schüler Fortschritte machten, und die Fortschritte, die Frankie machte, waren außergewöhnlich.

Nachdem sein Vater und er sich eingelebt hatten und seine Mutter aus seinem Leben verschwunden war, schien seine häusliche Situation stabiler geworden zu sein. Beim letzten Elternabend hatte sein Vater erzählt, dass seine Ex-Frau einige Male versucht hatte, Frankie anzurufen, aber zum Glück hatte der Vater die Anrufe abfangen können. Ohne den schlechten Einfluss seiner Mutter blühte der kleine Junge auf.

Aber es war nicht nur Frankie, dem es außergewöhnlich gut ging. Cooper hatte den Bogen inzwischen raus, was die Gebärdensprache anging, und lernte mit erstaunlicher Geschwindigkeit. Er unterhielt sich jetzt fließend mit den anderen Lehrern der Schule und musste Kiera nur noch sehr selten um Hilfe bitten. Er hatte ihr eine App gezeigt, die er zum Lernen benutzte, und es war erstaunlich, wie gut sie funktionierte.

Cooper hatte vielleicht keinen Collegeabschluss,

aber er war klug, sehr klug, und Kiera war sehr froh darüber, mit ihm zusammen zu sein. Sie hatte ihn immer wieder gefragt, ob er sich sicher wäre, mit einer älteren Frau zusammen sein zu wollen, die nicht gerade Miss Amerika war, und er hatte sie immer wieder beruhigt, bis er eines Abends wirklich sauer auf sie geworden war.

Sie hatten nicht wirklich gestritten, aber er war so frustriert über ihr mangelndes Selbstwertgefühl in Bezug auf ihre Beziehung gewesen, dass er ihr gesagt hatte, dass er schon anfing, an sich selbst zu zweifeln. Er hatte gesagt, wenn er nicht mit ihr zusammen sein wollte, dann wäre er es nicht. Aber er war zum ersten Mal in seinem Leben wirklich glücklich in einer Beziehung, und mit ihr zusammen zu sein machte ihn stolz, und es hatte ihm dabei geholfen, im zivilen Leben Fuß zu fassen.

Kiera hatte sich schließlich eingestanden, dass er recht hatte. Sie musste aufhören zu hinterfragen, warum Cooper mit ihr zusammen war, und anfangen, es zu genießen. Es war nicht so, dass die Leute auf sie zeigten, wenn sie ausgingen, aber selbst wenn, dann zur Hölle mit den Leuten, solange sie sich wohlfühlten.

Nachdem sie ihren inneren Konflikt bezüglich ihres Altersunterschieds ausgeräumt hatte, war der letzte Monat idyllisch gewesen ... abgesehen von seiner beharrlichen Weigerung, Sex zu haben. Kiera begann bereits, Komplexe zu bekommen. Sie hatte ihn neulich fast angebettelt, mit ihr zu schlafen, aber er hatte sich trotzdem geweigert. Was für ein Mann machte so etwas?

Es war verwirrend und frustrierend, aber sie wollte deshalb nicht mit ihm Schluss machen. Sie wollte nur verstehen, was ihn hemmte. Als sie angefangen hatten, miteinander auszugehen, hatte sie es noch verstanden. Sie hatte es gemocht, dass Cooper es langsam angehen lassen wollte, und dass sie sich erst wirklich kennenlernen sollten, bevor er ihre Beziehung vertiefte. Aber jetzt? Sie war mehr als bereit. Sie würde heute Abend ein ernstes Gespräch mit ihm führen müssen, um herauszufinden, was in seinem Kopf vorging.

Ihre Klasse war gerade mit ihrem »Gesprächskreis« beschäftigt. Jeden Tag reservierte sie etwas Zeit dafür, dass jedes Kind davon erzählen konnte, was es am Tag zuvor erlebt hatte, oder einfach eine Geschichte aus seinem Leben. Es half ihnen dabei, die Gebärdensprache einzusetzen und ihre Sozialkompetenz zu verbessern.

Die kleine Jenny erzählte normalerweise, was sie zum Abendessen hatte. Rebecca sprach gern über den Welpen, den ihre Familie gerade bekommen hatte. Jedes Kind hatte seine eigenen Vorlieben und Macken und meistens wusste Kiera, worüber sie sprechen würden. Aber nicht bei Frankie.

Die Dinge, über die er erzählte, reichten von seinem Alltag bis hin zu Dingen, die seine Mutter ihm erzählt hatte. Kiera würde niemals den Tag vergessen, an dem er sich zum ersten Mal geöffnet hatte. Sie nahm an, dass es daran lag, dass Cooper da gewesen war. Seine Mutter hatte ihm erzählt, dass er als Baby krank geworden und sein Gehör verloren hatte, weil Gott einen Fehler damit begangen hatte, dass er überhaupt geboren worden war.

Kiera hatte entsetzt versucht, alles zu tun, um ihn davon zu überzeugen, dass das, was seine Mutter gesagt hatte, nicht der Wahrheit entsprach. Aber erst als ein kleines Mädchen in der Klasse unschuldig sagte: »Wenn du nicht geboren worden wärst, könnten wir keine Freunde sein«, schien er sich zu beruhigen. Gott sei Dank für diese unschuldigen Worte.

Heute im Gesprächskreis wollte Frankie mehr über Coopers Zeit im SEAL-Team erfahren.

»Kannst du uns mehr davon erzählen, wie du und deine Freunde eure Geheimzeichen benutzt habt?«, fragte er Cooper. Seit Cooper es zum ersten

Mal erwähnt hatte, war er von dem Thema wie besessen.

Kiera hatte mit Cooper darüber gesprochen, was in Bezug auf seine Militärkarriere für die Ohren von Erstklässlern geeignet war. Sie wusste also, dass Cooper den Kindern nichts erzählen würde, was sie verschrecken könnte.

Er gebärdete seine Antwort langsam und präzise, damit alle Kinder ihn verstehen konnten. Sie war sehr stolz darauf, wie weit er mit seinen Fähigkeiten fortgeschritten war und wie selbstbewusst er sie einsetzte.

»Als wir einmal im Dschungel waren und die Bösewichte beobachtet haben, mussten wir sehr leise sein, damit sie uns nicht hörten.«

»So wie Verstecksspielen?«, unterbrach Frankie ihn.

»Ja, ganz genau, Kumpel«, antwortete Cooper mit einem Lächeln. »Ich lag unweit von einem meiner Freunde im Gebüsch und habe über seinem Kopf eine riesige Schlange in den Zweigen gesehen. Ich wusste, dass er Todesangst vor Schlangen hatte, also habe ich ihm das Zeichen für Gefahr gezeigt. Wir hatten kein Zeichen für Schlange. Er hat nur genickt und mir die Zeichen dafür gezeigt, dass er verstanden hatte und die Bösewichter beobachtete.

Ich habe den Kopf geschüttelt und versucht, es ihm noch einmal zu sagen, aber er missverstand mich erneut. Schließlich deutete ich über seinen Kopf und machte ein komisches Zeichen für Schlange ...«

Cooper demonstrierte es mit einer übertriebenen Handbewegung, die nichts mit der Gebärdensprache zu tun hatte, und alle Kinder lachten.

»Das hat mein Freund dann endlich verstanden. Er konnte weder aufstehen noch schreien, weil die Bösen ihn sonst entdeckt hätten.«

»Was hat er getan?«, fragte Frankie mit einem breiten Lächeln im Gesicht.

»Er wurde ohnmächtig«, erklärte Cooper dem kleinen Jungen und dem Rest der Kinder. »Er hatte solche Angst, dass er die Augen schloss und während einer Mission mitten im Dschungel ohnmächtig wurde.«

Alle lachten. Kiera liebte das Geräusch. In ihrem Klassenzimmer war es normalerweise sehr ruhig, ganz im Gegensatz zu einem Klassenraum mit Kindern, die hören konnten. Aber wenn ihre Kinder lachten, war es einer der schönsten Klänge, den sie jemals gehört hatte.

»Hat die Schlange ihn gebissen?«, fragte Frankie, als er aufgehört hatte zu lachen.

Cooper schüttelte den Kopf. »Nein, sie ist einfach

über ihn hinweg geglitten, als wäre er ihrer Aufmerksamkeit nicht wert. Wollt ihr den besten Teil der Geschichte hören?«

»Ja!«, sagte Frankie ungeduldig.

»Von diesem Moment an lautete der neue Spitzname meines Freundes Snake.«

Wieder lachten alle Kinder.

Kiera sah auf die Uhr und bemerkte, dass es Zeit für eine Unterbrechung war. Sie winkte den Kindern zu und informierte sie, dass es Zeit für die Pause war. Sie standen sofort auf und schoben ihre Stühle zurück an ihre Tische, so wie sie es gelernt hatten. Frankie ging zu Cooper und zog an seinem Hemd, um seine Aufmerksamkeit zu erregen.

Als Cooper ihn ansah, gebärdete Frankie: »Ich mag dich.«

Bei dem Anblick schmolz Kiera das Herz.

Cooper hockte sich zu ihm hinunter, erwiderte die Handzeichen und zog Frankie in eine Umarmung.

Gerade als sie dachte, sie könnte diesen Mann nicht noch mehr lieben, haute er sie mit so etwas um.

Ja, sie liebte ihn. Zwei Monate waren keine lange Zeit, aber tief in ihrem Herzen wusste sie, dass Cooper der Richtige war.

Frankie zog sich zurück, lächelte Cooper an und lief dann zu seinem Platz, um seine Jacke zu holen, bevor er sich hinter den anderen Kindern in die Schlange stellte.

Kiera war heute an der Reihe, die Kinder während der Pause zu beaufsichtigen. Die Lehrer wechselten sich ab, damit sie alle im Laufe des Tages eine Pause machen konnten. Kiera hatte jetzt nicht genügend Zeit, um Cooper zu sagen und zu zeigen, wie sehr sie ihn schätzte, also entschied sie sich für eine kurze Umarmung, während die Kinder mit ihren Jacken beschäftigt waren.

Sie stellte sich auf die Zehenspitzen und zog seinen Kopf nach unten, um ihre Lippen direkt an sein linkes Ohr zu legen, damit er sie sicher hören konnte. »Du bist unglaublich, Cooper Nelson. Ich kann es kaum erwarten, dir heute Abend zu zeigen, wie großartig ich dich finde.«

Er drückte ihre Hüften und lächelte sie an, als sie sich zurückzog. »Ich werde auf dich warten, wenn du heute nach Hause kommst, Liebling.«

»Okay.«

Dann beugte er sich vor, legte seine Lippen an ihr Ohr und raubte ihr mit seinen Worten den Atem. »Ich möchte unsere Beziehung heute Abend etwas vertiefen ... wenn du bereit dafür bist.«

Kiera zitterte bei dem Verlangen, das sie in seiner Stimme hörte. Endlich. »Oh, ich bin bereit«, sagte sie atemlos. »Sehr bereit.«

Sie standen einen Moment nur da und grinsten sich an, bis ein Ziehen an ihrer Bluse Kieras Aufmerksamkeit erregte. Es war Jenny. »Es ist Zeit für die Pause«, gebärdete sie ungeduldig.

Cooper ließ Kiera sofort los, trat zurück und stellte einen gebührenden Abstand zwischen ihnen her. »Wir sehen uns später«, sagte er und zwinkerte ihr zu.

Er ging an den Kindern vorbei, die geduldig darauf warteten, nach draußen gehen zu dürfen. Er verabschiedete sich bei jedem einzelnen von ihnen und achtete darauf, ihnen über die Haare zu strubbeln oder ihnen auf andere Weise ein besonderes Gefühl zu vermitteln. Als er bei Frankie ankam, hob Cooper sein Kinn so, wie er es dem kleinen Jungen am ersten Tag beigebracht hatte. Der Junge erwiderte den Gruß und ergänzte: »Ich glaube, Miss Kiera mag dich.«

»Da bin ich aber froh, denn ich mag sie auch«, sagte er zu dem kleinen Jungen und lächelte. Dann legte er ihm seine große Hand auf die Schulter, drückte ihn leicht und ging.

Kiera holte tief Luft und führte ihre Klasse nach

draußen, um frische Luft zu schnappen. Wie es ihre Routine war, ging sie auf dem Schulhof herum, während die Kinder spielten, anstatt sich gegen das Gebäude zu lehnen, wie andere Lehrer es taten. Sie fand es besser, aufzupassen und ansprechbar zu sein, falls eines der Kinder etwas brauchte.

Sie holte tief Luft, dann noch einmal und versuchte, sich daran zu erinnern, welche Unterwäsche sie am Morgen angezogen hatte. Es sah so aus, als würde Cooper endlich den nächsten Schritt machen ... und sie könnte kaum aufgeregter sein.

KAPITEL ACHT

Kiera kam spät nach Hause. Am Ende des Tages war eines zum anderen gekommen. Zuerst hatte Frankies Vater mit ihr reden wollen, als er seinen Sohn abholte. Er wollte sie wissen lassen, dass seine Ex-Frau anscheinend Ärger machte. Sie belästigte ihn und drohte damit, ihm Frankie wegnehmen zu lassen, wenn er ihr nicht erlauben würde, ihn zu sehen.

Er hatte die Polizei hier in Riverton und in Los Angeles, wo seine Ex-Frau lebte, informiert, aber er wollte, dass die Schule auch Bescheid wusste und wachsam war.

Kiera hatte den Mann beruhigt und ihm erzählt, wie gut Frankie sich machte. Dann hatte ein anderer Lehrer sie nach ihrer Meinung zu seinem Unterrichtsplan gefragt, bevor der Direktor hereingekommen war, um mit ihr zu plaudern.

Sie war also etwa anderthalb Stunden später nach Hause gefahren als üblich. Wie angekündigt hatte Cooper auf dem Parkplatz vor ihrer Wohnung auf sie gewartet. Mit Sonnenbrille lehnte er an seinem Wagen, ein Bein vor dem anderen angewinkelt und die Stiefelspitze auf den Beton gestellt. Seine muskulösen Arme hatte er vor der Brust verschränkt und sein dunkles Haar glänzte in der späten Nachmittagssonne. Allein bei seinem Anblick wurde Kiera schon scharf.

Er strotzte nur so vor Männlichkeit und sie wusste ohne Zweifel, dass Cooper alles tun würde, um sie zu beschützen, wenn jetzt ein Bösewicht aus dem Gebüsch spränge. Es war diese Gewissheit, dass er alles für sie tun würde, die ihn so attraktiv machte. Sein gutes Aussehen war nur ein Bonus.

»Hey«, sagte Kiera, als sie aus ihrem Wagen stieg. »Entschuldige, dass ich so spät komme.«

Ohne ein Wort richtete er sich auf und ging auf sie zu. Er legte seine Hände an ihren Hals, hob ihren Kopf und küsste sie. Es war nicht lange, aber auch nicht kurz. Sie sah zu ihm auf und schluckte schwer. Cooper war immer intensiv, aber heute Abend schien er noch intensiver zu sein.

»War der Rest deines Tages in Ordnung?«, fragte er leise.

Kiera nickte. »Deiner?«

»Okay. Bist du hungrig?«

»Ich könnte etwas zu essen vertragen«, erwiderte sie.

Cooper starrte sie einen langen Moment an, bevor er sagte: »Ich habe mein ganzes Leben auf dich gewartet, Kiera. Ich wusste nicht, dass ich auf dich gewartet habe, aber jetzt, wo ich dich gefunden habe, möchte ich dich nie mehr gehen lassen.«

Kiera hob die Hände und legte sie auf seinen Bizeps. »Ich möchte auch nicht, dass du mich gehen lässt.«

»Ich werde vielleicht Dinge tun, die dich verärgern, ich weiß, dass es passieren wird. Ich werde Scheiße erzählen und Dinge tun, die unsensibel sind. Aber ich schwöre bei Gott, ich werde dich niemals absichtlich verletzen.«

»Ich weiß, dass du das nicht tun wirst«, sagte Kiera leise. Sie glaubte es wirklich. Sie hatte aus erster Hand erfahren, wie vorsichtig Cooper mit ihr gewesen war.

»Aber eines muss ich dir noch sagen ...«

Er machte eine Pause, als müsste er Mut fassen, und Kiera spannte sich an. Unbewusst bohrte sie ihre Fingernägel in seine Arme. Sie konnte sich nicht vorstellen, was in aller Welt er ihr zu sagen hatte, das ihn so nervös machte.

Er sah ihr direkt in die Augen und sagte: »Wenn du mich in deinen Körper eindringen lässt, werde ich dich nie wieder gehen lassen. Das musst du wissen. Selbst wenn ich dich verärgere und du mir sagst, ich soll mich verpissen, dann werde ich das nicht tun. Ich werde mit jeder Faser meines Körpers darum kämpfen, dich zu behalten und dass du mir verzeihst. Wenn du für so eine Beziehung nicht bereit bist, dann sag es mir jetzt und ich werde mich zurückziehen. Wir gehen rein, essen zu Abend, machen rum, wie wir es die ganze Zeit getan haben, und dann fahre ich nach Hause. Ich gehe nicht davon aus, dass du mir deinen Körper leichtfertig gibst, Kiera. Aber wenn du dich mir hingibst, dann gibst du mir alles von dir, deinen Geist, deinen Körper und deine Seele. Liebling, sei dir sicher, sei dir absolut sicher, dass du mich wirklich in deinem Leben haben willst, bevor wir diesen Schritt gehen.«

»Ich liebe dich«, platzte es aus Kiera heraus, bevor sie verlegen die Augen schloss.

Sie hatte nicht vorgehabt, damit einfach so herauszuplatzen. Sie hatte es ihm in einem romantischen Moment sagen wollen. Aber jetzt, wo es raus war, fühlte sie sich erleichtert und öffnete die Augen wieder. Sie erstarrte bei dem entsetzten Ausdruck auf Coopers Gesicht.

Er starrte sie ehrfürchtig an, aber sein Kiefermuskel zuckte, genau wie damals, als er über etwas sauer gewesen war. Kiera starrte ihn unsicher an.

Es vergingen mehrere Augenblicke, die ihr wie eine Ewigkeit vorkamen, bevor er endlich etwas sagte. »Ich liebe dich auch, Kiera. An manchen Tagen fühle ich mich, als würde ich es keine Sekunde länger aushalten, ohne mit dir zu sprechen oder dich zu sehen. Der Gedanke, dass du mich verlassen könntest, bricht mir buchstäblich das Herz.«

Sie legte eine Hand auf seine Brust und rieb ihn sanft. »Warum siehst du mich dann so böse an?«

»Ich bin nicht böse«, konterte er sofort, »nicht im Geringsten. Ich versuche nur, mich zu beherrschen und dich nicht sofort über meine Schulter zu werfen, mit dir in deine Wohnung zu laufen und dich auf dein Bett zu legen.«

Kiera lächelte und verstand schließlich, warum jeder Muskel in seinem Körper so angespannt war. »Warum tust du es nicht?«

Bei ihren Worten spannte er die Muskeln in seinem Körper noch mehr an, wenn das überhaupt möglich war. »Weil meine Frau den ganzen Tag gearbeitet hat und hungrig ist. Ich muss sie erst füttern.«

»Du kannst mich danach füttern, Cooper«, sagte sie und schob ihre Hände über seine Brust bis zu seinem Hals. Sie stellte sich auf Zehenspitzen und presste ihren Körper gegen seinen. »Ich habe schon viel zu lange darauf gewartet, dich nackt in meinem Bett zu haben und dich in mir zu spüren. Liebe mich, Cooper! Lösche das Feuer in mir, das niemand außer dir löschen kann. Bitte, um Gottes willen, ich brauche dich.«

»Und mit dem, was ich gesagt habe, bist du einverstanden? Wenn ich erst in deiner heißen kleinen Muschi versinke, werde ich dich nie mehr gehen lassen.«

»Darauf zähle ich. Ich gebe dir mein Herz, ohne Wenn und Aber. Ich weiß, dass du dich gut darum kümmern wirst. Selbst wenn du mich in Zukunft einmal verärgern solltest, ich werde nirgendwo hingehen. Und wenn ich dasselbe mit dir tue, weiß ich genauso, dass du nicht aus dem Haus stürmen und mich verlassen wirst.«

Ohne ein weiteres Wort legte Cooper seinen Arm um ihre Taille und sie gingen zu ihrer Wohnung.

Kiera lächelte. Sie ließ sich gern von ihm führen, egal wohin er wollte.

Er nahm ihren Schlüssel, öffnete die Tür und schob sie mit einem Fuß wieder zu, sobald sie drinnen waren. Er nahm sich kurz die Zeit, die Tür zu verriegeln, ließ sich sonst aber nicht lange aufhalten. Er führte sie direkt in ihr Schlafzimmer, bis sie beide neben ihrem Bett standen.

»Zieh dich aus«, sagte er, ohne seinen Blick von ihr zu nehmen.

Anstatt sich über seinen Befehlston zu ärgern, tat Kiera, was er verlangte. Zuerst nahm sie ihre Haarspange heraus und schüttelte ihre blonden Locken. Ihr gefielen das leise Stöhnen, das aus Coopers Mund kam, und das breite Grinsen auf seinem Gesicht.

»Gott, ich habe noch keinen Zentimeter deiner nackten Haut gesehen und bin schon so hart, dass ich explodieren könnte, wenn ich nur deine Haare ansehe«, murmelte Cooper.

Obwohl ihr bei seinen Worten die Knie weich wurden, hörte Kiera nicht auf. Sie zog ihre Schuhe aus und knöpfte dann langsam ihre Hose auf. Sie zog sie über ihre Hüften und die Beine hinunter, bis sie zu ihren Füßen lag. Irgendwie war es weniger beängstigend, zuerst die Hose auszuziehen, als sich sofort das Hemd über den Kopf zu ziehen.

Cooper hatte keine derartigen Probleme. Er zog zuerst sein T-Shirt aus. Er griff nach dem Stoff auf seinem Rücken und zog es mit einer schnellen Bewegung über seinen Kopf.

Kiera geriet beim Anblick seiner muskulösen Brust ins Schwanken und hielt einen Moment inne, um ihn zu bewundern.

»Hör nicht auf«, befahl Cooper in heiserem Ton.

Kiera erinnerte sich, wo sie stehen geblieben war, und beschloss, es schnell hinter sich zu bringen, als würde sie ein Pflaster abreißen. Sie legte die Arme über Kreuz an ihre Taille, packte ihr Hemd und zog es sich schnell über den Kopf.

Unbeholfen stand sie in nichts als ihrer Unterwäsche vor Cooper. Ihr Slip hatte ein Leopardenmuster und ihr BH war weiß. Es war nichts Besonderes und in keiner Weise aufreizend. Sie hatte beides an diesem Morgen angezogen, weil sie sich darin wohlfühlte. Sie hatte keinen Moment daran gedacht, später am Abend so vor Cooper zu stehen.

Kiera wurde rot und versuchte, ihr Selbstbewusstsein wiederzufinden. Sie zuckte zusammen, als sie Coopers Hände auf ihren Hüften spürte. Er zog sie an seinen fast nackten Körper und sie zitterte vor Erregung, als sie seine warme Haut auf ihrer spürte.

»Du bist wunderschön«, sagte er ehrfürchtig und strich mit seinen Daumen über ihre empfindliche Haut.

»Meine Unterwäsche ist nichts Besonderes«, sagte Kiera und biss sich auf die Lippe.

»Du bist es. Und ich liebe es. Ich liebe dich«, sagte er, bevor er den Kopf senkte, um sie zu küssen.

Es war ein langer Kuss, überraschenderweise ohne Dringlichkeit. Nur lange, langsame Zungenschläge und träges Streicheln und Erforschen. Kiera spürte Coopers Erektion an ihrem Bauch und fühlte sich dadurch sexy und begehrt. Mehr als alles, was er hätte sagen können, beruhigte sie dieser Beweis seiner Erregung.

Einige Augenblicke später zogen sich beide zurück und Kiera spürte, wie Cooper seine Hände über ihren Rücken bewegte. Er ließ seine Finger auf dem Verschluss ihres BHs ruhen und fragte: »Darf ich?«

Alles, was er tat, verstärkte ihre Liebe für ihn. »Ja, bitte«, sagte sie.

Cooper öffnete schnell den Verschluss und dann stand sie nur noch in ihrem Slip vor ihm.

Mit dem Blick wanderte er von ihrem Gesicht zu

ihrem Busen und Kiera konnte sehen, wie sein Atem sich beschleunigte. Er holte tief Luft und hob langsam seine Hände an ihre Brüste. Als wäre sie aus Glas, streichelte er sanft mit den Fingern über ihre Kurven. Sie wand sich, als würde seine leichte Berührung sie kitzeln.

»Fester, Cooper«, forderte sie, legte ihre Hände auf seine und drückte ihn fester gegen sich. »Ich werde nicht zerbrechen.«

Cooper folgte ihrer Führung und übte mehr Druck aus. Als Kiera merkte, dass er den Dreh raushatte, legte sie ihre Hände auf seine Hüften und schob die Finger unter den Bund seiner Boxershorts. Sie zog sie nicht sofort herunter, sondern genoss die Intimität des Augenblicks.

Cooper streichelte ihre Brüste und nahm dabei ihre Brustwarzen zwischen seine Finger und massierte sie leicht, wodurch sie noch härter wurden als zuvor. Er bewegte sich langsam, als würde er ohne Worte um Erlaubnis bitten. Er senkte den Kopf und Kiera bog ihren Rücken durch und gab ihm die Erlaubnis, nach der er verlangt hatte. Sie seufzte vor Ekstase, als sich seine Lippen um ihre Brustwarze schlossen.

Für einen Moment widmete er sich hingebungsvoll ihren Brüsten. Er leckte, knabberte und saugte sogar an ihnen. Irgendwann saugte er so stark an ihrer rechten Brust, dass Kiera sich fragte, ob es Spuren hinterlassen würde.

Als er den Kopf hob und lächelnd mit dem Finger über den Abdruck strich, den er hinterlassen hatte, wurde Kiera klar, dass er die ganze Zeit genau gewusst hatte, was er tat, und ihr absichtlich einen Knutschfleck gemacht hatte.

»Amüsierst du dich?«, fragte sie trocken.

»Sehr sogar«, entgegnete er.

Kiera beschloss, dass es Zeit wurde, die Vorstellung fortzusetzen. Sie strich mit ihren Handflächen über die Außenseite seiner Oberschenkel und zog dabei seine Unterhose mit herunter, bis sie vor ihm kniete und seine Erektion direkt vor ihrem Gesicht hatte.

Kiera griff nach seinem fast wütend aussehenden Schwanz und sorgte sich einen kurzen Moment, dass er nicht passen würde. Er war groß ... wahrscheinlich nicht größer als bei jedem anderen Mann, der einen Meter neunzig groß war, aber sie war noch nie mit jemandem ausgegangen, der so groß war.

»Er wird passen«, murmelte Cooper und wedelte mit seinen Händen um sie herum, als wüsste er nicht, wohin damit. Er entschied sich dafür, sie auf ihre Schultern zu legen und mit seinen Daumen über ihr Schlüsselbein zu streichen.

Ohne ein weiteres Wort strich Kiera mit einer Hand über seinen Schwanz und stützte sich mit der anderen an seinem Oberschenkel ab. Sie senkte den Kopf und leckte ihn von unten bis zur pulsierenden Spitze. Er reagierte merklich unter ihrem Griff, also tat sie es erneut.

Ein Lusttropfen trat aus seiner Eichel aus und sie leckte ihn ab.

Er stöhnte und sein Griff auf ihren Schultern wurde fester.

Sie leckte ihn erneut, bevor sie plötzlich ihre Lippen über ihn schob und so viel von seiner Erektion in den Mund nahm, wie sie konnte.

»Oh mein Gott«, fluchte Cooper. »Verdammt, das fühlt sich so gut an.«

Sie konzentrierte sich darauf, ihm wenigstens halb so viel von dem guten Gefühl zu geben, das er ihr jeden Tag gab, als er sie plötzlich unter den Armen packte und hochzog, sodass sie wieder vor ihm stand. Sie spürte, wie seine Erektion gegen ihren Bauch drückte, als er mehrere tiefe Atemzüge machte.

»Warum hast du mich hochgezogen?«, fragte

Kiera etwas verlegen. »Habe ich es nicht richtig gemacht?«

»Nicht richtig gemacht?«, fragte er und hob ungläubig die Augenbrauen. »Wenn überhaupt, hast du es *zu* gut gemacht. Wenn ich zum ersten Mal mit dir komme, möchte ich das nicht in deinem Mund tun. Ich möchte tief in dir sein und deinen Orgasmus spüren, der gegen meinen Schwanz drückt, während ich explodiere.«

»Oh.«

»Ja, oh.« Ohne ein weiteres Wort zog er ihr Höschen aus und ermutigte sie, sich auf das Bett zu legen. Schnell schloss er sich ihr an und kniete sich über sie.

»Ich liebe deine blonden Locken«, sagte er und konzentrierte den Blick auf die Stelle zwischen ihren Beinen.

»Möchtest du nicht, dass ich mich rasiere? Das scheint aktuell Mode zu sein.«

»Auf keinen Fall«, sagte er schnell, fuhr mit einer Hand durch das Haar zwischen ihren Beinen und verteilte die Feuchte bis zu ihrer Klitoris. »Ich liebe dich so, wie du bist.«

Kiera spreizte die Beine und zeigte ihm, wo sie ihn am meisten wollte. Sie konnte nicht anders, als ihm ihr Becken entgegenzustrecken, als sie spürte, wie er sie mit seinem Schwanz berührte. Der Kontrast zwischen ihrem blonden und seinem dunklen Haar war das Erotischste, was sie jemals gesehen hatte.

Wortlos hielt er ein Kondom hoch und fragte: »Möchtest du mir die Ehre erweisen?«

Kiera schüttelte den Kopf. »Das habe ich noch nie für einen Mann gemacht. Ich möchte es nicht vermasseln.«

»Da gibt es nicht viel zu vermasseln, Liebling«, sagte Cooper mit einem breiten Grinsen im Gesicht. »Aber es ist okay, ich werde es dir ein andermal beibringen. Aber du solltest wissen, dass ich in Zukunft lieber nichts zwischen uns spüren möchte, jetzt, wo du mir gehörst. Wärst du damit einverstanden?«

Kiera nickte. »Ja, ich nehme die Pille. Mehr zur Regulierung meiner Periode als zur Empfängnisverhütung, aber ich würde dich gern ohne Kondom in mir fühlen.«

Er schloss die Augen, als würden ihre Worte allein ausreichen, ihn zum Höhepunkt zu bringen. Dann öffnete er sie wieder und sagte: »Allein bei dem Gedanken daran, in dir zum Orgasmus zu kommen und dir meinen Samen zu geben, verliere ich fast die Kontrolle. Mach die Beine breit, Liebling.«

Sie tat, was er verlangte, und sah zu, wie er sich schnell das Kondom überzog. Dann nahm er seinen Schwanz in die Hand und rutschte auf Knien zwischen ihre Beine. Mit der Spitze strich er über ihre Spalte und sagte dann: »Ich möchte jeden Zentimeter deiner schönen Muschi lecken und ablutschen, aber ich kann mich jetzt schon kaum noch zurückhalten und sobald ich dich schmecke, weiß ich, dass ich die Kontrolle verlieren würde. Das muss ich mir also für später aufheben. Bist du bereit für mich, Kiera?«

»Ja, mach mich zu der Deinen, Cooper.«

Er stöhnte und drückte sich langsam in sie hinein, bis die Spitze seines Schwanzes zwischen ihren Schamlippen verschwand. »Oh verdammt«, stöhnte er.

Kiera spürte, wie ihr Körper sich unter seiner Größe zusammenzog, um zu versuchen, ihn am Eindringen zu hindern.

»Entspann dich, Liebling«, murmelte er und streichelte mit seinem Daumen sanft über ihre Klitoris.

Unter seiner Berührung stöhnte Kiera und öffnete ihre Beine weiter. Sie wollte mehr von diesem angenehmen Gefühl. Er drückte sich langsam in sie hinein, während er sie weiter mit der Hand stimulierte.

»Cooper«, stöhnte sie und wusste selbst nicht, ob es verzweifelt oder lusterfüllt klang.

»Ich bin drin, Liebling. Atme, tief einatmen«, sagte er zärtlich.

Sie tat, was er sagte, und fühlte ihn tief in sich. Sie fühlte sich voll, extrem voll sogar, und war dankbarer, als sie in Worte fassen konnte, dass er ihr einen Moment Zeit gab, sich an seine Größe anzupassen.

Kiera sah zu ihm auf und bemerkte, dass er über ihr schwebte und keinen Muskel rührte.

»Es tut mir leid«, flüsterte sie.

»Was?«, fragte er.

Sie war sich selbst nicht sicher. Sie fühlte sich nur so, als müsste sie sich entschuldigen.

»Ich weiß, dass du dich nicht dafür entschuldigst, dass du eng bist, oder weil du offensichtlich seit einiger Zeit nicht mehr mit einem Mann zusammen warst, oder dafür, dass du einen Moment brauchst, um dich anzupassen. Denn wenn du das tätest, würde ich verdammt sauer werden.«

Kiera verzog den Mund zu einem Lächeln. Wenn er es so ausdrückte, klang es dumm. Sie wand sich unter ihm und beide atmeten bei der Bewegung tief ein.

»Scheiße, du fühlst dich so gut an«, hauchte Cooper. »Wie geht es dir?«

»Mir geht es gut. Du kannst dich ruhig bewegen«, sagte Kiera zu ihm, nicht ganz sicher, ob es die Wahrheit war. Aber sie konnten schlecht die ganze Nacht regungslos daliegen.

Cooper zog sich einen Zentimeter zurück und drückte sich dann wieder in sie hinein.

»Das fühlt sich gut an«, sagte sie.

Er antwortete nicht, sondern lächelte sie an. Er wiederholte den Vorgang. Dann noch einmal. Bei jedem Mal zog er seinen Schwanz ein Stück weiter heraus, bevor er ihn langsam und vorsichtig wieder in ihre feuchte Hitze zurückschob. Schließlich waren ihr seine leichten, vorsichtigen Bewegungen nicht mehr genug.

»Mehr«, sagte Kiera entschlossen. »Es geht jetzt besser. Ich will mehr.«

»Dann sollst du es bekommen. Ich werde dir immer geben, was du brauchst, Liebling.«

Seine Worte waren süß, aber im Moment wollte sie nichts Süßes. Als er sich das nächste Mal zurückzog und wieder in sie stieß, drückte Kiera ihre Hüften hoch und prallte hart gegen ihn.

»Bist du dir sicher?«, fragte Cooper.

»Ja, fick mich. Bitte!«

Und das tat er. Die Zeit hörte auf zu existieren. Es gab nur noch Cooper für sie. Er benutzte seine Hände, seinen Schwanz und seinen ganzen Körper, um sie zu befriedigen. Und er war sehr erfolgreich damit.

Nachdem sie das erste Mal gekommen war, dachte Kiera, dass Cooper sich ihr anschließen würde, aber er tat es nicht. Er lächelte sie nur an, strich mit seiner Hand über ihre Stirn und ihr Haar und sagte ihr, dass ihr Orgasmus in seinen Armen und mit ihm in ihr das Erstaunlichste war, was er jemals gefühlt hatte. Dann sagte er ihr, dass er es gleich noch einmal erleben wollte.

Erst als sie das dritte Mal kam, verlor er schließlich die Kontrolle. Er stützte sich mit beiden Händen neben ihre Schultern auf die Matratze und holte sich, was er brauchte.

Kiera ließ den Blick von seinem Gesicht zu dem Ort ihrer Verbindung und wieder zurück wandern. Ihn dabei anzusehen, wie er zum Höhepunkt kam, war verdammt sexy. Als er endlich alles um sich herum vergaß, drückte er sich so weit wie möglich in sie hinein und hielt still. Kiera konnte fühlen, wie er in ihr pulsierte, und wünschte, sie könnte spüren, wie sich sein heißes Sperma in sie ergoss.

Er spannte den Kiefer an und schloss in seiner Ekstase die Augen. Schließlich öffnete er seine Augen wieder und holte bei Kieras Blick auf ihm scharf Luft.

»Du gehörst mir«, erklärte er. »Ich lasse dich nie wieder gehen.«

»Gut, ich will auch nicht, dass du das tust«, gab Kiera zurück.

Er lächelte. Dann legte er sich auf sie und achtete dabei darauf, sie nicht zu zerquetschen. Er rollte sich auf den Rücken und zog sie mit sich. Beide stöhnten, als sein weicher Schwanz aus ihrem Körper rutschte.

»Willst du das Kondom entsorgen?«, fragte sie leise und fuhr mit ihren Fingern durch die Haare auf seiner Brust.

»Gleich. Ich genieße das gerade zu sehr, um mich zu bewegen«, sagte er mit schläfriger Stimme.

»Ich auch.«

»Schließ die Augen und entspann dich.«

Kiera versuchte es, aber als ihr Magen knurrte, mussten beide lachen. »Ich glaube, ich bin hungriger, als ich dachte«, sagte sie verlegen.

Cooper drehte den Kopf und sah ihr in die Augen. »Ich habe noch nie beim Sex gelacht.«

»Äh, wir haben momentan keinen Sex«, informierte sie ihn.

Sein Lächeln wurde breiter. »Du weißt, was ich meine.«

Sie nickte. »Ja.«

»Ich mag das.«

»Ich auch.«

Ihr Magen knurrte erneut.

Cooper schüttelte amüsiert den Kopf. »Vermutlich sollten wir aufstehen.«

»Sieh es von der positiven Seite«, sagte Kiera. »Wir können aufstehen und etwas essen, und dann haben wir genug Energie, um hierher zurückzukehren und weiterzumachen.«

»Ja, ich könnte nach dem Essen ein Dessert gut vertragen. Das ist ein guter Plan.«

Kiera wusste, dass sie rot wurde, nickte aber trotzdem.

Er hatte Mitleid mit ihr, setzte sich hin und zog sie mit hoch. »Ich werde mich um das Kondom kümmern. Du ziehst mein Hemd an, nichts anderes. Dann treffen wir uns in der Küche und essen etwas.«

»Herrisch«, beschwerte sich Kiera, ohne vorwurfsvoll zu klingen.

Er beugte sich vor und küsste sie fest, dann sagte er: »Ich habe dich gewarnt, was passieren würde, wenn du mich in deinen heißen Körper lässt.«

»Du hast gesagt, dass ich dir gehören würde, nicht, dass du dich in einen grunzenden Neandertaler verwandeln würdest, der mich nackt in seiner Küche haben will.«

»Das ist das Gleiche, Baby«, neckte er. »Sag mir, dass du mein Hemd nicht anziehen willst, und ich halte mich zurück.«

Kiera biss sich auf die Lippe. Sie wollte unbedingt sein Hemd anziehen. Es würde nach ihm riechen und ihr fast bis zu den Knien reichen. Damit wäre sie vollständig bedeckt ... und der Gedanke, seine Kleidung zu tragen, gefiel ihr irgendwie. Sie rümpfte die Nase und weigerte sich zu antworten.

Er lachte nur. »Jetzt geh schon, Liebling. Wir sehen uns in der Küche.«

»Okay.«

»Noch eine Sache«, sagte Cooper.

Kiera drehte sich zu ihm um und hob fragend eine Augenbraue.

»Danke! Danke, dass du mich liebst und mir vertraut hast. Danke, dass du mich in dein Leben gelassen hast. Du wirst es nicht bereuen.«

»Ich weiß, dass ich es nicht bereuen werde«,

sagte Kiera entschlossen. Dann küsste sie ihn und kletterte aus dem Bett. Sie beschloss, eine kleine Showeinlage für ihn zu veranstalten, bückte sich nach seinem Hemd und zog es langsam über ihren Kopf. Sie grinste ihn über ihre Schulter an, als sie zur Schlafzimmertür ging und verführerisch mit dem Hintern wackelte. »Nach dem Essen können wir vielleicht die Sprühsahne mit hierhernehmen und herausfinden, was man damit für Dummheiten machen kann.«

Kiera lachte über das Knurren, das aus seinem Hals kam, und ging schnell aus dem Raum. Sie war noch nie in ihrem Leben so glücklich gewesen. Sie war sowohl sexuell als auch emotional zufrieden und hatte einen wunderschönen ehemaligen SEAL in ihrem Schlafzimmer, der bald neben ihr in der Küche stehen würde, um ihnen etwas zum Abendessen zuzubereiten. Es war lustig, wie sich ihr Leben gewandelt hatte.

KAPITEL NEUN

Der Rest des Wochenendes verlief ähnlich wie der Freitagabend mit viel Lachen, gutem Essen und Sex, viel Sex. Hätte jemand Kiera gesagt, sie würde eines Tages einen zehn Jahre jüngeren Mann kennenlernen, der seine Hände und seinen Mund nicht von ihr lassen könnte, und sie so viel Sex hätten, dass sie davon wund würde ... hätte sie denjenigen ausgelacht und gesagt, er wäre verrückt.

Aber am Sonntag war Kiera wunderbar wund gewesen und Cooper ... enthusiastisch ... und sie liebte es. Als am Montagmorgen ihr Wecker klingelte – ja, Cooper war das ganze Wochenende geblieben –, hatte er schließlich gewusst, dass der Sex für sie unangenehm sein würde. Also hatte er sie mit seinem Mund verwöhnt und ihr einen

Morgenorgasmus geschenkt, der den Ton für die ganze Woche setzen sollte.

Gesättigt und zufrieden wusste sie, dass ihr Mann nicht nur ihren Körper liebte, sondern auch jede Minute ihres Beisammenseins genoss.

Nach weniger als einer Woche hatten sie bereits eine Routine in ihrem Leben entwickelt. Nach dem Aufstehen machte er Frühstück, während sie unter der Dusche stand. Sie verließen gemeinsam das Haus und während sie zur Arbeit ging, schnappte er sich seine Trainingssachen und traf sich entweder mit Cutter, Patricks Verwaltungsassistent, oder lief allein den Strand entlang. Kurz vor der Mittagspause tauchte er in der Schule auf und sie aßen für etwa zwanzig Minuten gemeinsam, bevor sie wieder in ihrem Klassenzimmer verschwand. Cooper verbrachte unterdessen Zeit in den anderen Klassen. In Kieras Klasse tauchte er immer als Letztes auf, bevor er nach Hause fuhr und sich später am Abend wieder in ihrer Wohnung mit ihr traf.

Dann bereiteten sie gemeinsam das Abendessen zu, was unglaublich viel Spaß machte, sahen fern, während sie sich auf den Unterricht am nächsten Tag vorbereitete, und gingen schließlich ins Bett. Es dauerte meistens noch ein paar Stunden, bis sie wirklich schliefen. Zeit, die sie damit verbrachten, ihre Körper zu genießen.

Kiera war noch nie mit einem Mann wie Cooper zusammen gewesen. Er war aufmerksam, fürsorglich, sexy und sorgte in erster Linie dafür, dass sie zufrieden war. Zufrieden mit dem Abendessen, zufrieden mit dem Fernsehprogramm, zufrieden mit der Zimmertemperatur und natürlich zufrieden mit ihrem Liebesleben.

Sie war an solche Aufmerksamkeit nicht gewöhnt und musste aufpassen, dass sie Coopers Fürsorge nicht ausnutzte. Er war stur und konnte gelegentlich auch herrisch sein, aber sie liebte es, mit ihm zusammen zu sein.

Ihn jeden Tag in der Schule sehen zu können war ein willkommener Bonus. Nicht vielen Frauen war es vergönnt, mit ihrem Liebhaber am Arbeitsplatz abhängen zu können.

»Wie läuft dein Tag?«, fragte Cooper, als er von seinem Sandwich abbiss, das er zum Mittagessen mitgebracht hatte. Er hatte ihr auch eine Schüssel Kartoffelsuppe eingepackt, die sie am Vorabend zum Abendessen gekocht hatten.

»Gut, ich glaube, Frankie hat eine Freundin.«

Cooper grinste. »Lass mich raten ... Jenny?«

»Genau. Offensichtlich hat er sich von dir ein

paar Tricks abgeguckt. Vor der großen Pause hat er ihr heute in ihre Jacke geholfen. Er muss dich dabei beobachtet haben, wie du das ein paarmal bei mir gemacht hast.«

»Und wie hat Jenny reagiert?«

»Sie hat sich bedankt und ihm einen Kuss auf die Wange gegeben.«

Coopers Lächeln wurde breiter. »Hey, es ist nichts falsch daran, früh anzufangen.«

Kiera verdrehte die Augen, konnte sich aber ein Grinsen nicht verkneifen. »Stimmt. Hattest du heute früh Spaß mit deinem Freund?«

»Spaß ist vielleicht nicht das richtige Wort«, sagte Cooper. »Wir haben uns mit Cutter am Strand getroffen und uns halb umgebracht. Tex ist für einen Mann mit nur einem Bein verdammt schnell.«

»Lass mich raten, du hast dein Bestes gegeben, um ihn auf Trab zu halten.«

»Er ist schnell, aber nicht schnell genug für mich«, scherzte Cooper.

Kiera lachte. »Ihr werdet heute Abend wahrscheinlich beide einige Eisbeutel brauchen. Ihr SEALs im Ruhestand haltet euch vielleicht für Übermenschen, aber anschließend zahlt ihr den Preis für eure Angeberei.«

Cooper beugte sich zu ihr vor, legte ihr eine

Hand an den Nacken und zog sie näher an sich heran, bis ihre Nasen sich fast berührten. »Kleine Korrektur, Liebling ... wir *sind* Übermenschen.«

Kiera kicherte und runzelte die Nase. »Und dabei so bescheiden.«

Lachend küsste Cooper sie auf die Nase und lehnte sich zurück. »Ich gebe zu, es zwickt und sticht hier und da, aber ich hoffe, dass ich heute Abend eine Rückenmassage von meiner Freundin bekomme.«

»Ich weiß nicht«, sagte Kiera und hob eine Augenbraue. »Ich wette, sie wird etwas als Gegenleistung dafür erwarten.«

»Oh, sei dir versichert, dass ich mich dafür erkenntlich zeigen werde«, scherzte Cooper.

Kiera entwich ein Schnauben, bevor sie es zurückhalten konnte. Bei dem seltsamen Geräusch hob sie beschämt die Hand vor den Mund.

Cooper schüttelte nur den Kopf. »Tollpatsch.«

»Genau wie du es gernhast«, erwiderte sie. Sie erwartete einen weiteren witzigen Konter und war etwas überrascht, als er nicht einmal lächelte.

»Da hast du recht. Ich verehre dich, Kiera. Glaube niemals, dass ich es für selbstverständlich halte, dass wir zusammen sind.«

»Ich weiß, das Gefühl beruht auf Gegenseitigkeit«, sagte sie zu ihm.

Sie starrten sich einen Moment lang an, bevor Kiera die intensive Stille durchbrach. »Bist du fertig?«

»Ja. Stört es dich, wenn ich Tex heute Nachmittag in deine Klasse mitbringe, sobald wir mit der Präsentation für die älteren Kinder fertig sind?«

Kiera schüttelte den Kopf. »Absolut nicht, die Kinder werden sich freuen, euch zu sehen.« Sie hatte dem Schulleiter davon erzählt, dass ein Freund von Cooper zu Besuch war, und vorgeschlagen, dass die beiden den Kindern eine kurze Präsentation über die Navy geben könnten und was es bedeutete, ein SEAL zu sein.

Er stand auf und entsorgte schnell die Verpackung seines Sandwiches, bevor er zu Kiera zurückkam. Es gefiel ihr, wie er über ihr stand, sie fühlte sich dadurch weiblich. Und die Art, wie er ihren Kopf in seine Hände nahm, verstärkte dieses Gefühl noch. »Wie wäre es, wenn wir kurz vor der nächsten Pause kommen? Passt das in deinen Unterrichtsplan?«

»Ich werde mich nach euch richten. Ich kann unseren Gesprächskreis nach hinten verschieben und die Matheaufgaben vorher durchgehen.«

»Okay, wenn das kein Problem ist.«

»Es ist kein Problem«, bestätigte sie.

Cooper beugte sich vor und küsste sie sanft. Er hatte sie in der letzten Woche auf viele Arten geküsst. Hart, weich, leidenschaftlich, außer Kontrolle, neckend ... aber sie liebte auch die Art, wie er sie in der Öffentlichkeit küsste. Leicht und sanft, mit ein bisschen Zunge und genügend Leidenschaft, damit sie wusste, dass er sie am liebsten sofort nehmen würde, sich aber zurückhielt.

Sie lächelte ihn an. »Wir sehen uns dann später.«

»Ja, das werden wir«, sagte er. Mit der Hand fuhr er sanft über ihr Haar, bevor er sich umdrehte und aus ihrem Klassenzimmer im Flur verschwand.

Kiera lehnte sich in ihrem Stuhl zurück und stieß den Atem aus. Puh, Cooper Nelson war tödlich ... und er gehörte nur ihr.

Zwei Stunden später machte Kiera zusammen mit ihren Schülern das Applauszeichen. Cooper und Tex hatten die Kinder verzaubert. Sie hatte für Tex gedolmetscht, da er die Gebärdensprache nicht konnte. Cooper und die Kinder hatten ihn damit aufgezogen, dass er nicht einmal die einfachsten Zeichen beherrschte. Sie schätzte es, dass er mitgespielt hatte. Es war ihren Schülern deutlich anzusehen, wie stolz sie darauf waren, etwas zu wissen, was dieser große, starke Soldat nicht wusste.

Sie bat die Kinder, ihre Jacken zu holen und sich für die Pause anzustellen, und führte eine kurze Unterhaltung mit Cooper und Tex. »Ihr wart großartig. Ich weiß es zu schätzen, dass du den Spaß mitgemacht hast, ihnen das Gefühl zu geben, dass sie mehr wissen als du, Tex.«

»Kein Problem, Liebes. Und ich musste nichts vorspielen. Was die Gebärdensprache angeht, wissen sie definitiv mehr als ich.« Er wandte sich an Cooper. »Seit wann bist du überhaupt so sicher darin?«

Cooper lachte. »Seit ich die letzten zwei Monate jeden Tag hier verbracht habe und zu Hause weiter geübt habe. Außerdem habe ich noch eine App und Kiera übt auch mit mir und ...«

»Okay, okay, ich verstehe schon«, sagte Tex. »Ich bin beeindruckt.«

»Ich auch, wenn ich ehrlich bin«, sagte Cooper.

»Weißt du, dieser Frankie erinnert mich an ein kleines Mädchen, das ich kenne. Ich würde sie gern irgendwie miteinander bekannt machen«, sagte Tex.

»Frankie könnte ein paar Freunde gut gebrauchen«, sagte Kiera. »Lebt sie hier in der Gegend?«

Tex schüttelte den Kopf. »Nein, sie ist die Tochter

eines Delta Force-Soldaten, den ich kenne. Sie leben in Texas.«

Kiera hob die Augenbrauen. »Ich bin mir nicht sicher, ob eine Freundschaft funktionieren kann, wenn sie so weit weg ist.«

Tex lächelte etwas geheimnisvoll. »Da kennst du Annie nicht so gut wie ich«, sagte er kryptisch.

Kiera sah auf die Uhr und sagte: »Ich muss los. Ich bin dran, die Kinder in der Pause zu beaufsichtigen.«

»Hättest du gern etwas Gesellschaft?«, fragte Cooper.

»Deine? Auf jeden Fall! Aber ich werde nicht viel mit dir reden können. Ich werde auf dem Schulhof herumgehen und bei den Kindern nach dem Rechten sehen müssen.«

»Kein Problem, ich werde dir nicht in die Quere kommen. Vielleicht spiele ich selbst etwas mit den Kindern. Tex, bist du dabei?«

»Klar, vielleicht können wir einige Kinder fürs Dosenschießen oder so begeistern.«

»Dosenschießen?«, fragte Kiera ungläubig. »Ist das nicht schon in den achtziger Jahren aus der Mode gekommen?«

Tex sah ein wenig verlegen aus. »Es macht Spaß, verdirb es uns nicht.«

Kiera kicherte. »Wie auch immer. Wir sehen uns draußen.«

Cooper ließ keine Gelegenheit aus, sie zu küssen, und berührte schnell ihre Wange mit seinen Lippen. Kiera erwischte ihn dabei, wie er kurz darauf Frankie zuzwinkerte. Sie lächelte nur. Sie würde sich niemals darüber beschweren, dass Cooper sie küsste. Sie war aber froh, dass er sich in Gegenwart der Kinder im Zaum hielt.

Sie führte ihre Schüler aus dem Klassenzimmer, den Flur hinunter und nach draußen. Sobald sie draußen waren, liefen sie los, als wären die Höllenhunde hinter ihnen her. Kiera lächelte. Sie erinnerte sich, dass sie sich als Kind genauso gefühlt hatte.

Der Schulhof war zum Schutz der Kinder von einem Maschendrahtzaun umgeben. Rund um das Grundstück gab es mehrere Tore. Die Kinder sollten nicht eingesperrt werden, sondern nur während des Spielens in Sicherheit sein. Gehörlose Kinder würden eine Autohupe oder andere Anzeichen für Gefahr nicht hören.

Kiera begann ihren Rundgang, lächelte einer Gruppe von Kindern zu, die im Dreck spielte, hielt an, um ein paar Schüler auf der Schaukel anzuschubsen, und ermahnte einige ältere Kinder, vorsichtig zu sein, während sie Basketball spielten.

Sie lächelte Tex und Cooper zu. Sie hatten einige Kinder um sich versammelt und sie in zwei Teams aufgeteilt. Sie hatte keine Ahnung, was genau sie spielten, aber es sah aus wie eine Mischung aus Verstecken, Fußball und Fangen. Was auch immer sie für Regeln aufgestellt hatten, blieb ihr ein Rätsel, aber da es allen zu gefallen schien und sie ihre aufgestaute Energie verbrauchten, war es nicht wirklich wichtig.

Aus dem Augenwinkel bemerkte Kiera etwas Merkwürdiges und wandte den Blick von ihrem extrem gut aussehenden Freund ab. Einen langen Moment starrte sie in die Richtung des Geschehens, verstand aber nicht, was vor sich ging.

Noch bevor ihre Augen das Gesehene an ihr Gehirn weitergegeben hatten, lief sie los. Am anderen Ende des Schulhofs stand Frankie mit einer Frau, die sie noch nie gesehen hatte. Sie war durchschnittlich groß und schlank. Sie hatte dunkles Haar, das ihr schlaff ins Gesicht hing. Ihr Kiefer war versteift und sie sah sauer aus. Sie trug enge Jeans, aber ihr schwarzes T-Shirt saß locker. Sie hatte eine Hand an Frankies Arm und zog ihn in Richtung Tor, wo ein älterer blauer Wagen auf dem Parkplatz stand.

Die Entführung eines Kindes direkt vom

Schulhof war der Albtraum eines jeden Lehrers – verdammt, es war der Albtraum eines jeden Menschen, egal wo es passierte. Und wenn sie es verhindern oder zumindest einen Blick auf das Nummernschild werfen könnte, würde sie es tun.

Kiera lief auf Frankie und die mysteriöse Frau zu. Sie holte sie ein, als die Frau gerade das Tor erreichte.

»Hey, was machen Sie da?«, schrie Kiera und merkte sofort, was für eine dumme Frage das war. Es war offensichtlich, was die Frau tat.

Sie antwortete nicht, sondern schob Frankie durchs Tor und ging zum Wagen. Kiera folgte ihr und schnitt der Frau den Weg ab. Sie stand vor ihr und fragte erneut: »Was machen Sie hier?«

»Ich bin hier, um meinen Sohn zum Zahnarzt zu bringen.«

Kiera blinzelte. »Was?«, platzte sie heraus.

»Frankie ist mein Sohn und kommt mit mir«, sagte die Frau, diesmal etwas bösartiger.

»Ist das deine Mutter?«, fragte Kiera Frankie in Gebärdensprache.

Anstatt zu antworten, nickte er nur.

Alles klar. Kiera gingen die Dinge durch den Kopf, die Frankies Vater über seine Ex-Frau gesagt hatte. Sie war drogenabhängig und das Gericht hatte ihr das Sorgerecht für Frankie entzogen. Sie hatte versucht, Frankie in die Finger zu bekommen, aber sein Vater hatte sich dazwischengestellt. Das war nicht gut.

Kiera warf schnell einen Blick zurück auf den Schulhof, wo sie Cooper zuletzt gesehen hatte. Er war immer noch da und hatte keine Ahnung, was am anderen Ende des Schulhofes vor sich ging. Ein paar Kinder standen auf der anderen Seite des Zauns und starrten sie verwirrt an. Sie wussten offensichtlich, dass es nicht erlaubt war, das Schulgelände zu verlassen. Die Lehrer hatten ihnen das immer wieder eingebläut. Besucher mussten stets durch den Haupteingang in die Schule kommen und sich anmelden und das Gebäude auf demselben Weg wieder verlassen.

Die Frau schob Frankie an Kiera vorbei weiter in Richtung Fahrzeug.

Im Bruchteil einer Sekunde traf Kiera eine Entscheidung und gab den Kindern, die hinter dem Zaun standen, ein Zeichen. Sie hätte am liebsten laut nach Cooper und Tex gerufen, wollte aber nichts tun, was Frankie in Gefahr bringen könnte. Ohne sich noch einmal umzusehen, lief sie los, um die Frau und Frankie wieder einzuholen, die plötzlich überraschend schnell weg waren.

Niemand, der nicht in der Schulakte als sorgeberechtigt eingetragen war, durfte einfach so ein Kind von der Schule abholen. Der offizielle Weg war, sich im Sekretariat auszuweisen und die Akte von der Sekretärin prüfen zu lassen. Und Frankies Mutter wäre mit Sicherheit nicht als berechtigte Person aufgeführt.

Sie packte Frankie an den Schultern und versuchte, ihn von seiner Mutter loszureißen, aber die andere Frau hielt ihn fest und zog noch fester am Arm ihres Sohnes. Mit ihrer freien Hand schlug sie auf Kiera ein.

Kiera ließ Frankie los, um sich zu schützen, und spürte einen Luftzug im Gesicht, als die Faust der Frau sie nur knapp verfehlte. Als Kiera sich wieder besonnen hatte, hatte Frankies Mutter ihn bereits auf den Rücksitz geschoben.

Kiera wusste nicht, was sie sonst tun sollte, lief zur anderen Seite des Wagens und atmete erleichtert auf, als die Tür sich öffnen ließ. Sie sprang hinein und schlug die Tür hinter sich zu.

Was soll ich nur tun? Das ist verrückt. Ich sollte das der Polizei überlassen. Aber ich kann nicht erlauben, dass sie Frankie mitnimmt, auf keinen Fall.

Sie seufzte erleichtert, als der Mann auf dem Fahrersitz nicht sofort losfuhr. Wenn sie nach

Cooper oder seinem Freund gerufen hätte, hätte er es mit Sicherheit getan. Es könnte länger dauern, bis Hilfe kam, daher zählte jede Sekunde, in der sie die beiden Erwachsenen in Schach halten konnte, bis Cooper zu Frankies Rettung kam.

»Steigen Sie aus«, knurrte die Frau Kiera an.

Sie lehnte sich zurück und verschränkte die Arme vor der Brust. »Nein.«

»Was zum Teufel soll das?«, fluchte der Mann auf dem Fahrersitz. »Du hast nichts über eine andere Frau gesagt, die mit uns kommt, Twila.«

»Das liegt daran, dass sie nicht mitkommt. Raus jetzt!«, befahl Twila erneut.

»Nein«, wiederholte Kiera. »Ich muss für Frankie übersetzen.« Es war dumm, aber ihr fiel nichts anderes ein.

»Er ist mein Sohn. Sie müssen ihm nicht übersetzen, was ich sage.«

»Können Sie Gebärdensprache?«, fragte Kiera, obwohl sie die Antwort bereits von Frankies Vater kannte.

»Nein, aber mein Sohn wird nicht auf diese weibische Art mit den Händen reden. Er wird lernen, wie man von den Lippen abliest und laut auszusprechen, was er will.«

»Wir müssen verdammt noch mal von hier weg«, knurrte der Mann.

»Dann fahre verflucht noch mal los«, sagte Twila mit zusammengekniffenen Augen.

»Ich werde keine Frau entführen.«

»Aber Sie entführen ein Kind?«, fragte Kiera, wohl wissend, dass sie besser den Mund halten sollte. Aber sie war so entsetzt über das, was der Mann sagte, dass es ihr herausgerutscht war.

»Es ist keine Entführung, wenn es ihr eigenes verdammtes Kind ist.«

Kiera war froh, dass Frankie nichts hören konnte. Der Mann hatte offensichtlich eine Vorliebe für Schimpfwörter. Mit ihrer rechten Hand griff sie nach Frankies und gab ihm moralische Unterstützung, während sie versuchte, mehr Zeit zu schinden.

»Das sieht das Gericht aber anders«, entgegnete Kiera. »Und Frankie ist nicht Ihr Kind, also ist es definitiv eine Entführung, wenn Sie fahren.«

»Fahr einfach langsam los, wir schmeißen sie raus, wenn wir die Hauptstraße erreichen«, sagte Twila.

Kiera verstärkte den Griff um Frankies Hand. Sie würde nicht ohne ihn aus diesem Wagen steigen, auf keinen Fall. Mit der linken Hand gab sie ihm das Zeichen für »weglaufen« und hoffte, dass Frankie es gesehen hatte, als sie weiterhin versuchte, Frankies Mutter und den Schlägertypen hinter dem Steuer abzulenken.

»Was auch immer Sie mit Frankie vorhaben, es wird nicht funktionieren, er ...«

»Ich werde dafür sorgen, dass er sprechen lernt, anstatt zu grunzen und mit den Händen zu wedeln. Dann wird er lernen, wie man von den Lippen liest. Das ist viel männlicher, als seine Hände zu benutzen.«

»Lippenlesen ist extrem schwierig«, sagte Kiera zu Twila. »Es kann Jahre dauern, das zu erlernen. Frankie muss zuerst lesen lernen, und da er nicht hören kann, muss er die Wörter auf andere Weise mit etwas verknüpfen. Es ist nicht so einfach, wie Sie sich das denken.« Sie hatte diesen Streit im Laufe der Jahre schon mit vielen Eltern gehabt, aber im Moment war es ihr egal, ob Twila ihr glaubte oder nicht, solange sie noch etwas Zeit schinden konnte.

Sie bemerkte, wie sie sich langsam auf die Ausfahrt vom Schulgelände zubewegten. Es wäre ihr lieber gewesen, komplett stehen zu bleiben, während sie diese Unterhaltung führten, aber sie konnte in ihrer Situation nicht wählerisch sein. *Komm schon, Cooper, ich brauche dich.*

»Wenn ich so darüber nachdenke, warum

nehmen wir sie nicht doch mit?«, fragte der schleimige Mann. »Wir schulden Bud noch Geld. Vielleicht nimmt er sie. Eine hochwertige Muschi, die noch nicht mit jedem Mann in der Nachbarschaft gefickt hat, könnte ihm gefallen.«

Kiera holte erschrocken tief Luft. »Reden Sie ernsthaft davon, mich gegen Drogen einzutauschen?«

»Nein«, sagte Twila sofort und Kiera entspannte sich ein wenig. Aber bei ihrer nächsten Aussage musste sie vor Schock wieder nach Luft schnappen. »Er redet davon, dich einem Bandenchef zu übergeben, damit er dich durchficken lassen kann, und zwar im Austausch für Drogen.« Twila wandte den Blick dem Mann neben ihr zu. »Ich vermute, sie würde mehr Ärger machen, als sie wert wäre.«

»Ach ja?«, fragte der Mann und schaute sie im Rückspiegel an. »Wirst du Ärger machen?«

KAPITEL ZEHN

Cooper lachte, als Tex fast von dem kleinen Plastikball getroffen wurde. Er hatte keine Ahnung, was sie eigentlich spielten, aber die Kinder hatten Spaß dabei, den Bällen nachzulaufen, während Tex und er versuchten, sie davon abzuhalten. Es gab keine offiziellen Spielregeln, aber nicht von einem der Bälle getroffen zu werden, schien eine davon zu sein. Sie versuchten auch zu verhindern, dass die Kinder von einem Ende des Feldes zum anderen gelangten. Es schien eine Mischung aus Fußball und Völkerball zu sein.

Seine ganze Aufmerksamkeit galt den vier Bällen, die in dem kleinen Spielfeld getreten und geworfen wurden, aber als er ein dringliches Grunzen hörte, hob er den Kopf und sah sich um.

Vier Kinder liefen auf die Gruppe zu, die mit den Bällen spielte. Allen war die Dringlichkeit ihres Anliegens anzusehen. Sie schrien nicht, aber die Geräusche, die aus ihrem Mund kamen, klangen definitiv panisch.

»Was zur Hölle ist los?«, fragte Tex und trat neben ihn.

Cooper bemerkte es kaum, seine Aufmerksamkeit galt den Kinderhänden.

»Sie sind durch das Tor gegangen.«

»Die Lehrerin sagte, wir sollen Hilfe holen.«

»Die Lehrerin hat Entführung gebärdet.«

»Sie sind in ein Auto eingestiegen.«

»Hilfe, Hilfe, Hilfe!«

Die Kinder wiederholten dieselben Gesten immer wieder und Cooper verstand sie fast nicht, so hektisch waren sie. Aber sobald er merkte, was los war, suchte er den Schulhof nach Kiera ab. Als er sie das letzte Mal gesehen hatte, war sie auf der anderen Seite des Geländes in der Nähe des Zauns gewesen.

»Welche Farbe hatte der Wagen?«, gebärdete Cooper, sobald die Kinder ihn erreichten.

»Was ist los?«, fragte Tex aufgeregt.

Ohne den Blick von den Kindern abzuwenden, die ihm wertvolle Informationen gaben, erklärte er: »Sie sagen, eine Lehrerin und ein Kind wurden entführt. Sie sind hinter dem Zaun in ein blaues Auto gestiegen.«

»Scheiße«, fluchte Tex.

Beide Männer setzten sich in Bewegung, bevor etwas anderes gesagt wurde. Cooper lief los und gebärdete den Kindern schnell: »Geht alle rein. Sucht nach einem Lehrer. Er soll die Polizei rufen.«

Sobald er sah, dass die Kinder ihn verstanden hatten, drehte er sich um und sprintete in die Richtung, aus der die Kinder gekommen waren und wo sie den Wagen zuletzt gesehen hatten.

Er könnte das Fahrzeug nicht einholen, aber er musste versuchen, wenigstens noch das Nummernschild zu erkennen. Er wusste, dass Kiera in dem Wagen saß. Erstens war sie die einzige Lehrerin auf dem Schulhof gewesen und zweitens wusste er, dass sie zweifellos nicht tatenlos zugesehen hätte, wenn jemand versuchte, ein Kinder zu entführen.

»Lauf«, sagte Tex, während er zurückfiel. »Ich bin mit meinem Bein nicht so schnell wie du, aber ich bin direkt hinter dir.«

Cooper machte sich nicht die Mühe zu antworten. Er lief einfach, so schnell er konnte. Er sprang über den einen Meter zwanzig hohen Zaun, als wäre er ein Weltklasse-Hürdenläufer, und konnte es kaum glauben, als er sah, wie ein dunkelblauer

Mustang in Schrittgeschwindigkeit über den Parkplatz fuhr.

Was zum Teufel machte der Fahrer? Wenn er tatsächlich gerade dabei war, ein Kind und Kiera zu entführen, sollte er mit Vollgas davonrasen.

Er konzentrierte sich auf das Fahrzeug. Es war immer noch da. Es war noch nicht zu spät. Wenn es den Parkplatz erst verlassen hätte, wäre es fast unmöglich, es wiederzufinden ... zumindest schnell. Und dem Entführer Zeit zu geben, Kiera zu verletzen, würde er nicht zulassen. Seine Muskeln liefen jetzt auf Autopilot und er schaltete in SEAL-Modus.

Als er die Richtung ausgemacht hatte, in die der Wagen fuhr, lief er diagonal über den Parkplatz, ohne das Fahrzeug aus den Augen zu lassen. Cooper konnte zwei Personen auf den Vordersitzen und zwei auf der Rückbank ausmachen. Eine davon war ein Kind. An ihrem Hinterkopf konnte er Kiera erkennen. Er würde sie überall erkennen.

Adrenalin schoss durch seinen Körper. Auf keinen Fall würde ihm jemand das Beste wegnehmen, das ihm jemals passiert war.

Cooper ging in Gedanken seine Optionen durch und steckte eine Hand in die Hosentasche. Glück gehabt! Sein Schlüsselbund und das Werkzeug daran würden ihm den Einstieg in das Fahrzeug des

Entführers erleichtern, aber alles Weitere war nicht so klar. Er wusste, dass Tex ihm dicht auf den Fersen war. Er hatte keine Ahnung, wie Kiera reagieren würde, aber er ging davon aus, dass sie alles tun würde, um das Kind zu beschützen. Er würde sich um die beiden Arschlöcher kümmern.

Seine Wahrnehmung für Zeit verlangsamte sich, als er sich der Fahrerseite des Wagens näherte. Inzwischen konnte Cooper erkennen, dass Frankie und Kiera auf dem Rücksitz saßen. Er knirschte mit den Zähnen.

Nein, einfach nein! Niemand würde diesem kleinen Jungen etwas antun. Nicht, solange er hier war.

Er packte sein Schlüsselbund und plante den nächsten Schritt. Er musste im richtigen Moment zuschlagen. Zu früh und er würde das Überraschungsmoment verlieren und der Fahrer würde höchstwahrscheinlich davonrasen. Zu spät und der Wagen würde auf die Hauptstraße abbiegen und ebenfalls weg sein. Nein, er musste es zeitlich perfekt abstimmen.

Kiera konnte nicht glauben, dass Frankies Mutter

und dieser Schläger wirklich darüber sprachen, sie an einen Mann zu verkaufen, der sie zur Prostitution zwingen würde. Das war unglaublich. Es war lächerlich. Es war erschreckend. »Ob ich Ärger machen werde?«, wiederholte sie seine Frage. »Darauf kannst du deinen Arsch verwetten. Twila, Sie haben noch nichts getan. Wir haben noch nicht einmal das Schulgelände verlassen. Halten Sie einfach den Wagen an und lassen Sie Frankie und mich aussteigen. Wir werden nichts sagen.«

»Denken Sie, das glaube ich?«, erwiderte sie.

»Das sollten Sie. Ich möchte nicht als Hure verkauft werden und ich denke, Ihr Sohn würde eine Beziehung mit Ihnen bevorzugen, in der er keine Angst um sein Leben haben muss. Aber das wird passieren, wenn Sie uns jetzt nicht aussteigen lassen.«

»Schmeiß sie endlich raus«, sagte der Mann. »Sie redet zu viel.«

»Da stimme ich zu«, sagte Twila, drehte sich herum und zeigte auf Kiera. »Raus!«

»Nein«, sagte Kiera. »Ich gehe nicht ohne Frankie.«

Twila zog etwas zwischen ihren Beinen hervor und im nächsten Moment sah Kiera in den Lauf einer Waffe. »Ich sagte, raus.«

Kiera hatte noch nie in ihrem Leben eine Waffe in ihrer Hand gehalten, geschweige denn auf den Lauf einer Waffe gestarrt. »N-nein«, stammelte sie. »Sie wollen mich doch nicht vor Ihrem Sohn erschießen.«

»Warum nicht?«, fragte Twila, als wäre ihr alles egal. »Das macht ihn vielleicht mehr zu einem Mann.«

Kiera schnaubte. »Glauben Sie ernsthaft, es macht ihn zu einem Mann, wenn seine Lieblingslehrerin direkt vor seinen Augen erschossen wird? Wahrscheinlich wird es ihn eher zu einem Psychopaten machen, der Sie umbringen wird, sobald er Anfang zwanzig ist, weil Sie sein Leben zur Hölle gemacht haben.«

»Sie sind ein bisschen dramatisch«, bemerkte Twila.

»Und Sie sind ein bisschen verrückt.«

Die beiden Frauen starrten einander an. Kiera hörte, wie verzweifelte Geräusche aus Frankies Hals kamen, weigerte sich aber, von der Waffe wegzuschauen. Wenn sie nur noch ein paar Sekunden auf dieser Erde hätte, würde sie kein Feigling sein.

Danach schien alles wie in Zeitlupe zu passieren.

Ein lauter Knall und Glasscherben flogen durch den Innenraum des Wagens. Kiera zuckte zusammen und dachte für einen Moment, Twila hätte tatsächlich den Abzug gedrückt.

Der Fahrer fluchte und trat auf die Bremse. Da niemand einen Sicherheitsgurt angelegt hatte, flogen alle nach vorne. Kiera sah, wie ein Arm durch das zerbrochene Fenster auf der Fahrerseite erschien und jemand den Mann durch die kleine Öffnung herauszog. Doch bevor sie sich bewegen konnte, hatte Twila sich gesammelt und griff auf den Rücksitz nach Frankie.

Kiera reagierte, ohne nachzudenken. Sie warf sich vor den kleinen Jungen und griff nach der Tür. Als sie aufsprang, drückte sie Frankie mit aller Kraft hinaus. Seitwärts flog er durch die Tür und sie sah, wie er mit seinen kleinen Füßen nach oben auf dem Rücken landete.

Sie hoffte, er würde sich an das erinnern, was sie ihm zuvor gesagt hatte, und weglaufen, aber Kiera hatte keine Zeit, sich darum zu sorgen. Twila war sauer und benahm sich jetzt wie eine Furie. Sie schlug um sich und kratzte über jeden Zentimeter Haut, den sie erreichen konnte. Kiera drehte den Kopf zur Seite, um ihre Augen zu schützen, und tat ihr Bestes, um Twila davon abzuhalten, sie zu verletzen.

Kiera konnte nicht sehen, was mit dem Fahrer

los war. Sie hörte nur Stöhnen und die Geräusche von Faustschlägen. Sie rappelte sich auf und begann, sich zu wehren. Es war nicht einfach mit dem Sitz zwischen ihnen, aber der Gedanke, dass Twila sie überwältigen könnte und Frankie wieder in ihre Hände bekam, war genug, um Kiera einen Adrenalinschub zu geben.

Nachdem sie einen heftigen Schlag gegen den Kopf eingesteckt hatte, beschloss Kiera, sich zu revanchieren. Sie machte eine Faust und schlug nach Twila. Als sie die Frau ins Gesicht traf, tat es weh, aber sie tat es noch einmal, dann noch mal. Twila stöhnte bei jedem Schlag, ging danach aber sofort wieder auf Kiera los.

Kiera hatte Schmerzen. Die Hand, mit der sie zugeschlagen hatte, tat weh. Ihr Gesicht und ihr Kopf schmerzten von den Schlägen, die Twila gelandet hatte. Sie war erschöpft. Sie mochte es, wenn Cooper trainierte, aber es war nicht gerade eine ihrer Lieblingsbeschäftigungen.

Gerade als sie entschloss, die Tür zu öffnen und sich aus dem Staub zu machen – was sie schon in der Sekunde hätte tun sollen, in der sie Frankie aus dem Wagen geschubst hatte –, wurde die Beifahrertür geöffnet und ein muskulöser Arm griff nach Twila.

Sie wurde aus dem Wagen gezogen und Kiera sah erleichtert, wie Tex die Frau mit Leichtigkeit ausschaltete. Einen Arm hatte er um ihre Brust gelegt und den anderen um ihren Hals. Obwohl sie zappelte, schrie und gegen ihn ankämpfte, hatte sie nicht die geringste Chance.

»Bist du in Ordnung?«, fragte Tex.

Kiera erinnerte sich zum ersten Mal wieder an Frankie und antwortete ihm nicht, sondern rutschte zur Tür hinaus. »Frankie!«, schrie sie verzweifelt.

»Es geht ihm gut«, sagte Tex. »Er ist wie ein Blitz zurück zur Schule gelaufen. Kluges Kind.«

Kiera atmete erleichtert auf.

»Kiera«, sagte eine Stimme neben ihr.

Sie wirbelte herum und zuckte unter Schmerzen zusammen. Sie sah Cooper neben sich stehen. In ihrem ganzen Leben hatte sie sich noch nie so sehr gefreut, jemanden zu sehen. Sie warf sich in seine Arme und seufzte erleichtert, als sie spürte, wie er seine Arme um sie legte. Sie schmiegte ihre Wange an seine Brust und klammerte sich an seinem Rücken fest.

»Schhhhh, ich bin bei dir«, murmelte Cooper. »Du bist in Sicherheit.«

Kiera zitterte so stark, dass sie wusste, dass sie

nicht mehr lange stehen könnte, wenn Cooper sie nicht festhalten würde.

»Ich höre Sirenen«, verkündete Tex.

Kiera hob nicht einmal den Kopf. Die Sirenen gehörten hoffentlich zu den Polizeifahrzeugen. »Wo ist der Fahrer?«, murmelte sie.

»Bewusstlos«, sagte Tex zu ihr.

Kiera hob den Kopf, der sich anfühlte, als würde er fünfhundert Kilo wiegen, und sah zu Cooper auf. Ein Tropfen Blut lief aus seinem linken Ohr. Sie hob eine Hand an sein Gesicht und drückte es sanft. Er ließ sie gewähren und sie bemerkte, dass er sein Hörgerät verloren hatte. Sie holte tief Luft, hob ihre andere Hand und gebärdete: »Geht es dir gut? Du blutest.«

»Du auch«, sagte Cooper laut. Er strich über ihre Wange und sie zuckte zusammen.

»Du musst zu einem Arzt und dein Ohr untersuchen lassen. Es blutet«, beharrte Kiera ... so sehr sie das in Gebärdensprache ausdrücken konnte.

»Er hat einen Glückstreffer auf mein Ohr gelandet, als ich ihn aus dem Wagen gezogen habe. Mein Hörgerät hat den meisten Schaden genommen. Es geht mir gut, Liebling.«

»Bist du sicher?«

»Ich bin sicher.«

»Okay.« Kiera nahm ihn beim Wort. Sie wollte wissen, wie er so einfach in den Wagen gekommen war, aber das musste warten. Sie war unendlich dankbar, dass er gekommen war. Sie hatte gehofft, dass sie die Entführer lange genug hinhalten konnte, damit ihre Schüler Hilfe holen konnten, aber sie war sich nicht sicher gewesen. Sie waren so kurz vor der Hauptstraße gewesen, so kurz davor, dass Twila davongekommen wäre, so kurz vor einer Katastrophe.

Aber ihr SEAL hatte sie gerettet. Er war rechtzeitig gekommen und alles andere konnte warten.

KAPITEL ELF

»Frankie, du bist an der Reihe«, sagte Kiera sanft während ihres Gesprächskreises. »Was möchtest du uns mitteilen?«

Es war eine Woche her, seit Frankies Mutter versucht hatte, ihn zu entführen. Heute war der Junge den ersten Tag wieder in der Schule. Kiera hatte sich selbst ein paar Tage freigenommen, weigerte sich aber trotz der blauen Flecke und tiefen Kratzer von Twilas Fingernägeln im Gesicht, noch länger zu Hause zu bleiben.

Sie wollte mit ihren Kindern zusammen sein. Nicht nur mit denen in ihrer Klasse, sondern mit allen. Mit den Kindern, die losgelaufen waren, um Hilfe zu holen, und mit denen, die sie auf dem Flur umarmten, und sogar mit den Kindern, die ihr sagten, dass sie froh waren, dass es ihr gut ginge, obwohl sie sie gar nicht kannten.

Sie hatte nicht vorgehabt, die Heldin zu spielen, aber als sie gesehen hatte, wie Frankie weggeschleppt wurde, hatte sie in kürzester Zeit die Entscheidung getroffen, alles zu tun, um diese Entführung zu stoppen. Es war nicht nur ihre Verpflichtung als Lehrerin, sondern sie war es Frankie schuldig. Sie liebte alle Kinder in ihrer Klasse, aber er war etwas Besonderes.

Er war zu dem Schatten seiner selbst zurückgekehrt, der er gewesen war, als er neu an dieser besonderen Schule angefangen hatte, aber Kiera war sich sicher, dass er sich schnell wieder aufrappeln würde.

Ohne den Kopf zu heben, gebärdete Frankie langsam: »Ich hatte Angst, als meine Mutter kam, um mich mitzunehmen. Aber Miss Kiera ist gekommen, um mir zu helfen. Sie hat nicht zugelassen, dass sie mich mitnimmt.« Dann sah er auf. »Danke!«

Kiera traten Tränen in die Augen und sie lächelte den kleinen Jungen an. »Komm her«, erwiderte sie. Er stand auf und ging zu ihr hinüber. Kiera zog ihn auf ihren Schoß, legte ihren Arm um ihn und redete mit dem Rest der Klasse in Gebärdensprache.

»Ich habe euch alle sehr gern. Ihr seid etwas ganz Besonderes für mich und ich werde immer alles tun, um euch zu beschützen.«

Frankie drehte sich in ihren Armen herum und fuhr mit einem Finger über den schlimmsten Kratzer auf ihrem Gesicht. Er war verschorft und sie spürte seine sanfte Berührung nicht einmal. »Sie wurden verletzt.«

»Ja, du auch«, sagte Kiera und berührte sanft die Stelle an seinem Oberarm, wo er blaue Flecke hatte, weil seine Mutter ihn festgehalten hatte.

Plötzlich lächelte er. Es war ein so breites Lächeln, dass sie für einen Moment fast geblendet war. »Wir haben unsere Geheimsprache benutzt.«

Kiera grinste. »Ja, das haben wir.«

»Das gefällt mir.«

»Gebärdensprache gefällt dir?«

Er nickte. »Ich kann mit Leuten reden, ohne dass jemand anderes weiß, was ich sage. Wie Sie es getan haben, als Sie mir mitgeteilt haben, dass ich weglaufen soll. Wie Cooper mit seinen Freunden.«

Kiera wollte lachen und sich darüber freuen, wie stark Kinder sein konnten, aber sie musste ein Wort der Mahnung aussprechen, bevor sie es tat. »Es ist nicht nett, über andere Menschen zu reden, wenn sie es nicht verstehen. Du magst es doch auch nicht, wenn Leute über dich reden und du es nicht hören kannst, oder?«

Frankie schüttelte den Kopf.

»Das ist in gewisser Weise das Gleiche. Mach dich niemals über andere Leute lustig oder rede hinter ihrem Rücken über sie, wenn sie dich nicht verstehen.«

»Aber wenn meine Mutter mich entführen will, ist es okay?«

»Ja, in Notfällen ist es okay.«

»Okay«, erwiderte er und stand dann von ihrem Schoß auf.

»Möchte vor der Pause noch jemand etwas erzählen?«

Als hätte sie das Zauberwort gesagt, sprangen alle Kinder von ihren Plätzen auf und liefen los, um ihre Jacke zu holen.

Kiera lachte und wusste, dass sie als Kind genauso reagiert hätte. Bemerkenswerterweise schienen die Kinder keine Angst zu haben, nach draußen zu gehen, obwohl Frankie vom Schulhof entführt worden war. Für die Erwachsenen war das Thema jedoch nicht so einfach abgehakt.

Der Direktor hatte am nächsten Tag dafür gesorgt, dass alle Tore verschlossen waren, und er plante, weitere Sicherheitsvorkehrungen zu treffen.

Der Vorfall hatte die Schule, die noch nie das Ziel von Gewalt gewesen war, aus ihrem vermeintlichen Gefühl der Sicherheit gerissen. Bedrohungen dieser Art waren allgegenwärtig und es sollten so viele Vorkehrungen wie möglich getroffen werden, um sie zu verhindern. Er hatte sich bei Kiera dafür entschuldigt, dass er nicht schon früher für bessere Sicherheitsvorkehrungen gesorgt hatte, aber sie hatte ihm versichert, dass er sich nicht zu entschuldigen brauchte. Niemand hätte vorhersehen können, dass Frankies Mutter zu solchen Maßnahmen greifen würde.

Kiera spürte, wie jemand einen Arm um ihre Taille legte, als sie vor dem Fenster stand und die Kinder draußen beobachtete. Frankie und den anderen machte es vielleicht nichts aus, wieder rauszugehen, aber ihr fiel es schwer.

»Hallo Liebling«, flüsterte Cooper ihr ins Ohr.

Kiera entspannte sich. »Hey, wie war dein Treffen mit Patrick?« Sie drehte sich in seinen Armen herum und legte die Hände auf seine Brust.

»Wirklich gut, er hat sich zwanzig Minuten lang meine ganze Präsentation angesehen, ohne ein Wort zu sagen. Ich hatte Schweißausbrüche und dachte, er würde sich nur über mich lustig machen und mir sagen, dass ich nicht qualifiziert genug wäre oder dass es keine gute Idee wäre.«

»Und?«, fragte Kiera, als er innehielt. »Was hat er gesagt?«

»Er hat gesagt, ich hätte den Job, als ich gerade wieder den Mund öffnen wollte. Der Mistkerl hat mich die gesamte Präsentation umsonst durchgehen lassen.«

Kiera grinste Cooper an. »Ich bin stolz auf dich.«

»Vielen Dank, aber heb dir das für später auf, ich habe noch nicht einmal angefangen.«

Sie schüttelte den Kopf. »Du hast es sehr weit gebracht, Cooper. Du hast mir selbst gesagt, dass du keine Ahnung hattest, was du tun sollst, nachdem du aus dem aktiven Dienst ausgeschieden warst, und jetzt lernst du Gebärdensprache schneller, als es erlaubt sein sollte, und hast deinen ersten Job als SEAL-Berater, um ihnen diese Sprache beizubringen. Das ist wunderbar.«

Er zuckte mit den Schultern. »Je länger ich darüber nachgedacht habe, umso mehr wurde mir klar, dass es wirklich sinnvoll ist, wenn alle SEAL-Teams dieselben Zeichen kennen. Ich habe gesehen, wie Wolf und sein Team sich Zeichen gegeben haben, und ich habe nichts verstanden. Das Gleiche gilt für

Tex. Als wir mit den Kindern gespielt haben, habe ich versucht, ihm Zeichen zu geben, wo er langlaufen soll, aber er hatte keine Ahnung, was ich von ihm wollte. Ich weiß, dass viele SEALs lange im selben Team bleiben, aber manchmal auch nicht. Ein Wechsel wäre viel einfacher, wenn sie dieselben Zeichen benutzen würden. Vor allem, wenn bei einem Einsatz Verstärkung angefordert werden muss.«

»Ich liebe dich«, sagte sie zu ihm.

»Ich liebe dich auch«, erwiderte er. »Und ich habe ein Geschenk für dich.« Er löste eine Hand von ihrer Taille und steckte sie in die Hosentasche. »Streck deine Hand aus.«

Sie tat es. Er legte einen Plastikgegenstand auf ihre Handfläche und Kiera sah ihn verwirrt an. »Äh ... danke ... was ist das?«

Cooper lachte. »Damit kannst du Scheiben zertrümmern.«

Sie nickte. »So wie du es gemacht hast?«

»Genau. Du kannst es an deinem Schlüsselbund befestigen. Man weiß nie, wann sich ein kleines Gerät zum einfachen Zertrümmern eines Autofensters als nützlich erweisen kann.«

»Gott sei Dank hattest du es dabei, als du uns nachgelaufen bist«, überlegte Kiera und sah immer noch auf das lebensrettende Werkzeug in ihrer

Hand. »Er hätte vermutlich nicht freiwillig die Tür geöffnet und dich hereingelassen.« Damit sprach sie aus, was er ohnehin schon wusste.

Cooper sagte nichts, sondern legte seine Hand auf ihren Rücken und zog sie gegen sich. »Zieh mit mir zusammen.«

Kiera schaute ihm in die Augen. »Was?«

»Zieh mit mir zusammen«, wiederholte er. »Wir leben schon seit ungefähr einer Woche in einer Wohnung und sind seit ein paar Monaten zusammen.«

»Fragst du mich wegen dem, was passiert ist?«, fragte sie sanft.

»Ja und nein«, sagte er. »Als ich dich hinten in diesem Wagen entdeckt habe, ist mein Leben vor meinen Augen auf eine Weise vorbeigezogen wie noch nie zuvor. Ich bin in der Vergangenheit in schwierigen Situationen gewesen, aber nichts hat mich darauf vorbereitet, mich einer Realität ohne dich in meinem Leben zu stellen. Ich bin kein Idiot, ich weiß, dass jeden Tag einer von uns vielleicht bei einem Autounfall das Leben verlieren könnte. Wir könnten krank werden, von Terroristen in die Luft gejagt werden oder auf hundert andere Arten sterben. Aber ich möchte so viel Zeit wie möglich mit dir verbringen. Ich möchte dein Lachen hören, bevor ich abends einschlafe, und in deine schönen blauen Augen sehen, wenn ich morgens aufwache. Ich denke, du hast letzte Woche bewiesen, dass du sehr gut selbst auf dich aufpassen kannst. Ich kann mir den Rest meines Lebens ohne dich einfach nicht mehr vorstellen und ich möchte, dass der Rest meines Lebens so schnell wie möglich beginnt.«

»Ja«, sagte Kiera, sobald er fertig war.

»Ja?«

»Ja«, wiederholte sie. »Ich werde mit dir zusammenziehen. Ich liebe dich. Ich habe es genossen, letzte Woche jeden Abend und jeden Morgen bei dir zu sein. Ich sehne mich danach.«

Sie lächelten sich einen Moment lang an, bevor Cooper sagte: »Ich werde dich wohl bitten, mich zu heiraten.«

»Gut. Ich werde wohl Ja sagen.«

»Tex möchte, dass wir nach Virginia kommen, um ihn und Melody zu besuchen. Er hat versprochen, dass es entspannter werden wird als sein Urlaub hier bei uns.«

Kiera brach in ein Lachen aus. Sie mochte Tex. Er hatte nicht nur bei ihrer Rettung geholfen, er war zudem auch lustig und bodenständig. Und nach den Geschichten, die sie über seine Frau gehört hatte, war sie sich sicher, dass sie Melody auch mögen würde. »Ich denke, ich kann ein paar Tage freibekommen. Ich glaube nicht, dass der Schulleiter Nein sagen wird«, sagte sie mit einem Grinsen.

»Ich liebe dich, Kiera Hamilton. Ich habe letzte Woche vor Angst, dich zu verlieren, mindestens zehn Lebensjahre verloren.«

»Ich glaube, ich auch«, gab sie zu. »Danke, dass du mich gerettet hast, sollte ich das noch nicht gesagt haben.«

»Nur ungefähr achtzig Mal«, neckte Cooper sie.

Sie hörten, wie die Kinder über den Flur von der Pause zurückkamen.

»Sieht aus, als wäre die Pause vorbei«, sagte Kiera unnötigerweise. »Sehen wir uns nachher zu Hause?«

»Zu Hause, das gefällt mir«, sagte Cooper. »Ja, wir werden uns zu Hause sehen.«

Er gab ihr einen schnellen Kuss, bevor die Kinder ins Klassenzimmer stürmten, und zog sich dann zurück. Er begrüßte die Kinder, als sie an ihm vorbeiliefen, während er zur Tür ging. Kiera sah, wie er sich in der Tür noch einmal umdrehte. In Gebärdensprache sagte er: »Ich liebe dich.« Dann wandte er sich zu Frankie um und hob sein Kinn zum Gruß.

Der kleine Junge erwiderte die Geste und grinste breit.

Kiera lächelte. Sie wusste, dass es Frankie gut gehen würde. Und ihr würde es auch gut gehen. Die blauen Flecke würden verblassen, ebenso wie die Erinnerung an die letzte Woche, aber ihre Liebe zu dem sanften, ehemaligen SEAL, der sie auf wundersame Weise liebte, würde ein Leben lang anhalten.

Schutz für Alabamas Kinder (Demnächst erhältlich!)

BÜCHER VON SUSAN STOKER

SEALs of Protection:

Schutz für Caroline

Schutz für Alabama

Schutz für Fiona

Die Hochzeit von Caroline

Schutz für Summer

Schutz für Cheyenne

Schutz für Jessyka

Schutz für Julie

Schutz für Melody

Schutz für die Zukunft

Schutz für Kiera

Schutz für Alabamas Kinder

Schutz für Dakota

Die Delta Force Heroes:

Die Rettung von Rayne

Die Rettung von Emily

Die Rettung von Harley

Die Hochzeit von Emily

Die Rettung von Kassie

Die Rettung von Bryn

Die Rettung von Casey

Die Rettung von Wendy

Die Rettung von Sadie

Die Rettung von Mary

Die Rettung von Macie

Ace Security Reihe:

Anspruch auf Grace

Anspruch auf Alexis

Anspruch auf Bailey

Anspruch auf Felicity

Anspruch auf Sarah

Mountain Mercenaries:

Die Befreiung von Allye

Die Befreiung von Chloe

Die Befreiung von Morgan

Die Befreiung von Harlow

Die Befreiung von Everly

Die Befreiung von Zara
Die Befreiung von Raven

Hier ist außerdem eine Liste mit Susans englischen Büchern:

SEAL of Protection Series
Protecting Caroline
Protecting Alabama
Protecting Fiona
Marrying Caroline (novella)
Protecting Summer
Protecting Cheyenne
Protecting Jessyka
Protecting Julie (novella)
Protecting Melody
Protecting the Future
Protecting Kiera (novella)
Protecting Alabama's Kids (novella)
Protecting Dakota

SEAL of Protection: Legacy Series
Securing Caite
Securing Brenae (novella)
Securing Sidney
Securing Piper

Securing Zoey
Securing Avery
Securing Kalee
Securing Jane (Feb 2021)

SEAL Team Hawaii Series
Finding Elodie (Apr 2021)
Finding Lexie (Aug 2021)
Finding Kenna (Oct 2021)
Finding Monica (TBA)
Finding Carly (TBA)
Finding Ashlyn (TBA)
Finding Jodelle (TBA)

Ace Security Series
Claiming Grace
Claiming Alexis
Claiming Bailey
Claiming Felicity
Claiming Sarah

Mountain Mercenaries Series
Defending Allye
Defending Chloe
Defending Morgan
Defending Harlow

Defending Everly
Defending Zara
Defending Raven

Delta Force Heroes Series
Rescuing Rayne
Rescuing Aimee (novella)
Rescuing Emily
Rescuing Harley
Marrying Emily (novella)
Rescuing Kassie
Rescuing Bryn
Rescuing Casey
Rescuing Sadie (novella)
Rescuing Wendy
Rescuing Mary
Rescuing Macie (novella)

Delta Team Two Series
Shielding Gillian
Shielding Kinley
Shielding Aspen
Shielding Jayme (novella) (Jan 2021)
Shielding Riley (Jan 2021)
Shielding Devyn (May 2021)
Shielding Ember (Sep 2021)

Shielding Sierra (TBA)

Badge of Honor: Texas Heroes Series

Justice for Mackenzie
Justice for Mickie
Justice for Corrie
Justice for Laine (novella)
Shelter for Elizabeth
Justice for Boone
Shelter for Adeline
Shelter for Sophie
Justice for Erin
Justice for Milena
Shelter for Blythe
Justice for Hope
Shelter for Quinn
Shelter for Koren
Shelter for Penelope

Silverstone Series

Trusting Skylar (Dec 2020)
Trusting Taylor (Mar 2021)
Trusting Molly (July 2021)
Trusting Cassidy (Dec 2021)

BIOGRAFIE

Susan Stoker ist die New York Times, USA Today und Wall Street Journal Bestsellerautorin der Buchreihen »Badge of Honor: Texas Heroes«, »SEALs of Protection«, »Die Delta Force Heroes« und einigen mehr. Stoker ist mit einem pensionierten Unteroffizier der US-Armee verheiratet und hat in ihrem Leben schon überall in den Vereinigten Staaten gelebt – von Missouri über Kalifornien bis hin zu Colorado. Zurzeit nennt sie die Region unter dem großen Himmel von Tennessee ihr Zuhause. Sie glaubt ganz und gar an Happy Ends und hat großen Spaß daran, Geschichten zu schreiben, in denen Romantik zu Liebe wird.

Besuchen Sie Susan im Netz!
www.stokeraces.com
facebook.com/authorsusanstoker
twitter.com/Susan_Stoker
bookbub.com/authors/susan-stoker
instagram.com/authorsusanstoker
Email: Susan@StokerAces.com

www.ingramcontent.com/pod-product-compliance
Lightning Source LLC
LaVergne TN
LVHW021714060526
838200LV00050B/2656